Marliese Arold

# Magic Girls
## Späte Rache

Außerdem von Marliese Arold im Carlsen Verlag lieferbar:
*Magic Girls – Der verhängnisvolle Fluch*
*Magic Girls – Das magische Amulett*
*Magic Girls – Das Rätsel des Dornenbaums*
*Magic Girls – Gefangen in der Unterwelt*
*Magic Girls – Die große Prüfung*

Veröffentlicht im Carlsen Verlag
August 2014
Mit freundlicher Genehmigung des arsEdition Verlages
Copyright © 2010 by arsEdition GmbH, München
Umschlag- und Innenillustrationen: elektrolyten, Petra Schmidt, München
Umschlaggestaltung: formlabor
Corporate Design Taschenbuch: bell étage
Druck und Bindung: GGP Media GmbH, Pößneck
ISBN 978-3-551-31179-5

Printed in Germany

CARLSEN-Newsletter: Tolle Lesetipps kostenlos per E-Mail!
Unsere Bücher gibt es überall im Handel und auf carlsen.de

# Inhalt

- KAPITEL NR. 1 -

★ Manch Zauberbuch ist wie ein Fluch! — 7

- KAPITEL NR. 2 -

★ Wenn dich der Blick eines Fremden verzaubert, sei vorsichtig! — 25

- KAPITEL NR. 3 -

★ Schwarzes Schwein verursacht Pein! — 42

- KAPITEL NR. 4 -

★ Ein Zauberbuch in falschen Händen, die Sache kann nur böse enden! — 58

- KAPITEL NR. 5 -

★ Ängste wachsen oft ins Gigantische - ganz ohne Zauberei! — 70

- KAPITEL NR. 6 -

★ Sei auf der Hut, wenn du nicht willst, dass dich ein Zauberer durchschaut! — 85

- KAPITEL NR. 7 -

★ Die Liebe verleitet manche Hexe zu unklugen Handlungen — 103

- KAPITEL NR. 8 -

★ Wer lange zögert, wird nie ein guter Zauberer! — 129

- KAPITEL NR. 9 -

★ Ein starker Zauberer kann den Lauf des Schicksals ändern! — 145

- KAPITEL NR. 10 -

★ Wenn zwei Schwarzmagier einander bekämpfen, kann sich Magie aufheben — 159

★ Glossar — 168

# Manch Zauberbuch ist wie ein Fluch!

Er war so müde, dass er kaum noch einen Fuß vor den anderen setzen konnte. Doch er musste weiter, um das unselige Ding loszuwerden, das er in seinem Rucksack trug. Manchmal spürte er, wie es im Inneren des Rucksacks rumorte. Dann und wann glaubte er auch ein gemeines Flüstern zu hören.

*Du wirst mich nie los, nie!*

Silkus Kordus stöhnte. Es half nichts, er musste stehen bleiben und eine Pause einlegen. Schließlich war er nicht mehr der Jüngste. Mit seinen 136 Jahren hatte der Zauberer sein bestes Alter längst überschritten. Zwar hatte er nicht mehr Falten als mit fünfzig Jahren und auch sein graues Haar war noch voll und dicht. Aber seinen Knochen konnte er nichts vormachen. Die merkten jede Wetteränderung, da half auch kaum ein Zauberspruch. Und seine Gelenke knackten und knirschten inzwischen fast bei jedem Schritt, besonders bei so einer anstrengenden Wanderung wie jetzt.

Silkus befand sich in den Schwefelbergen, einer sehr unwirtlichen Gegend. Es war vulkanisches Gebiet. Der Boden war hart und steinig, und in der Luft lag Schwefelgeruch, der das Atmen schwer machte. Einige Male wäre Silkus fast gestürzt, als er über den schwarzen Basalt geklettert war.

*Alles, was du tust, ist vergebens!*

## ~ Kapitel Nr. 1 ~

Da war sie wieder, die tückische Stimme aus dem Rucksack. Der Schweiß rann Silkus übers Gesicht. Der Zauberer nahm den Rucksack ab und setzte sich erschöpft auf einen großen Stein, der aus erkalteter Lava entstanden war. Stirnrunzelnd sah er zu, wie sich der Rucksack an manchen Stellen ausbeulte, als befände sich darin ein wildes Tier.

Aber es war kein Tier, sondern ein Buch. Ein *gefährliches* Buch.

Silkus Kordus erinnerte sich noch genau an den Abend, an dem es in seine Hände gelangt war. Der Zauberer hatte wie gewohnt den Tag im Archiv der *Magischen Universität* verbracht und war seiner Arbeit nachgegangen. Es war seine Aufgabe, magische und zauberische Gegenstände zu sammeln und zu ordnen, insbesondere Flüche. Im Laufe der Zeit war schon eine stattliche Anzahl zusammengekommen. Silkus Kordus musste sie katalogisieren, also ein schriftliches Verzeichnis anlegen, und einen sicheren Platz für jeden einzelnen Fluch finden – einen Platz, wo der Fluch keinen Schaden anrichten konnte.

An diesem Tag war es spät geworden. Silkus hatte mehrere Regale umräumen müssen, weil darin kein Platz mehr für die neu angekommenen Flüche war. Es erwies sich als eine Riesenarbeit und Silkus fluchte innerlich, weil er überhaupt damit begonnen hatte. Eigentlich hatte er bereits Dienstschluss, aber noch immer war der Boden mit magischen Gegenständen und den dazugehörigen Schildchen bedeckt. Silkus Kordus musste aufpassen, dass er nicht versehentlich auf einen Fluch trat, der ihm einen violetten Ausschlag verpasste oder ihn ab sofort nur noch mit der Stimme eines Kanarienvogels zwitschern ließ. Silkus konnte das Archiv nicht ver-

- Kapitel Nr. 1 -

lassen, bis er die Ordnung einigermaßen wiederhergestellt hatte. Also blieb ihm nichts anderes übrig, als Überstunden zu machen. Silkus Kordus hatte mit den Zähnen geknirscht. Der Job als Archivar fraß ihn allmählich auf ...

Gegen zehn Uhr abends – Silkus konnte kaum noch die Arme heben, seine Schultern schmerzten unerträglich – hatte es dann an der Tür geklopft.

Silkus ließ verwundert ein getrocknetes Ochsenauge sinken. Wer wollte da zu so später Stunde noch ins *Archiv der Flüche*? Und überhaupt – wie war der Besucher hereingekommen? Hatte die *Magische Universität* nicht schon seit Stunden geschlossen? Das *Archiv der Flüche*, in dem Silkus Kordus arbeitete, befand sich im Keller eines Turms, der *Morgenstern* genannt wurde. Normalerweise war die Tür zum Turm außerhalb der Öffnungszeiten des Archivs abgeschlossen.

Wieder klopfte es, diesmal lauter und ungeduldiger.

»Ja, ja, ich komme schon!« Vorsichtig bahnte sich der Archivar einen Weg zur Tür. Als er davorstand, fragte er: »Wer ist da?«

»Das tut nichts zur Sache«, antwortete eine tiefe Stimme, die Silkus nicht kannte. »Bitte macht auf, es ist dringend!«

»Das Archiv hat schon geschlossen«, sagte Silkus streng. Er hasste nichts mehr als Besucher, die Sonderbehandlungen beanspruchten. »Kommt morgen wieder, zu den normalen Öffnungszeiten.«

»Das geht nicht«, kam die Antwort. »Morgen ist es zu spät.«

- Kapitel Nr. 1 -

Silkus Kordus zog eine Grimasse. Typisch! Der Besucher war wieder einmal einer von jenen Leuten, die sich überaus wichtig nahmen und meinten, dass alle anderen nach ihrer Pfeife tanzen mussten.

»Das geht wohl«, knurrte Silkus. »Ich habe nämlich schon lange Feierabend.«

»Bitte macht auf!«, bat der unbekannte Besucher erneut. »Es ist wirklich wichtig. Lebenswichtig sozusagen. Ich muss etwas abgeben, das duldet keinen Aufschub.«

Silkus zog die Augenbrauen hoch. Meistens kamen die Leute wegen einer Auskunft oder weil sie sich etwas ansehen wollten.

»Bringt Ihr einen neuen Fluch?«

»So etwas Ähnliches.«

Silkus Kordus schluckte. Geistesgegenwärtig griff er nach den dicken Lederhandschuhen und streifte sie über. Die Handschuhe waren mit starken Zaubersprüchen behandelt worden und fluchbeständig. Bei magischen Gegenständen konnte man nicht vorsichtig genug sein …

Dann öffnete Silkus Kordus die Tür.

Draußen stand eine hochgewachsene Gestalt. Sie trug eine schwarze Kutte und hatte die Kapuze so tief ins Gesicht gezogen, dass Silkus das Gesicht des Besuchers nicht erkennen konnte. So etwas mochte der Archivar gar nicht. Er rief rasch eine der schwebenden Leuchtkugeln herbei. Die Kugel flog gehorsam auf seinen Handschuh.

Aber obwohl sich jetzt ein warmer Lichtschein ausbreitete, erreichte die Helligkeit nicht das Antlitz des Fremden. Die schwarze Kutte schien jegliches Licht zu schlucken. Silkus war sich nicht sicher, ob

- Kapitel Nr. 1 -

der Besucher überhaupt ein Gesicht hatte. Eine Gänsehaut kroch langsam und eiskalt über seinen Rücken.

»Wwwer s-sseid Ihr?«, fragte Silkus Kordus mit zitternder Stimme.

»Ich sagte doch bereits: Das tut nichts zur Sache!«, zischte der Fremde und drückte dem verstörten Archivar ein Bündel in die Hand, das in eine schmutzige Decke gewickelt war. Ein unsäglicher Gestank machte sich breit. »Ich bitte Euch – vernichtet dieses Ding, bevor es noch mehr Schaden anrichtet!«

»Aber ...«

Doch da machte der Besucher bereits kehrt und stürmte die Wendeltreppe hinauf. Und obwohl ihm Silkus Kordus sofort nacheilte, konnte er keine Spur mehr von ihm entdecken. Der Fremde war verschwunden, als habe er sich in Luft aufgelöst. Silkus Kordus kehrte verwundert und enttäuscht ins Archiv zurück, das geheimnisvolle Bündel in den Armen.

»Beim Orkus, das stinkt ja wie die Pest! Was zum Teufel ist das?«

Vorsichtig schlug er die Decke zurück, froh, dass er die magischen Handschuhe trug.

Ein altes Buch kam zum Vorschein. Der Ledereinband hatte Löcher und war an manchen Stellen verfault oder angekokelt. Die Seiten des Buches trieften vor Nässe, so als hätte es jemand gerade erst aus einem Sumpf gezogen. Im Nu bildete sich auf dem Boden des Archivs eine übel riechende Pfütze. Silkus starrte kopfschüttelnd auf das ekelhafte Buch. Was war das und welchen Zweck erfüllte es?

Da schoss eine grelle Flamme aus dem Ledereinband und hätte ihm um ein Haar die Nase angesengt. Silkus zuckte zurück und presste geistesgegenwärtig einen der Handschuhe auf das Feuer. Die Flamme erlosch.

»Dreimal Hölle und Schwefel! Ein verdammtes Zauberbuch! Das hat mir gerade noch gefehlt!«

Es war ein Zauberbuch von der gefährlichsten Sorte – eines, das seinen Leser angriff. Offenbar hatte jemand schon mehrfach versucht es zu vernichten. Doch es ließ sich nicht im Sumpf versenken und auch nicht im Feuer verbrennen. Das Buch besaß einen zähen Lebenswillen – und würde sich nur mit großem magischen Aufwand zerstören lassen …

Der Zauberer stöhnte. Als hätte er nicht schon genug zu tun. Was sollte er mit dem Buch machen? Er war wirklich kein Spezialist, was die Vernichtung gefährlicher Zauberbücher anging! Warum war der Besucher ausgerechnet zu ihm gekommen, um sein Buch abzuladen?

Silkus Kordus atmete tief durch. Er musste wissen, was es mit dem Zauberbuch auf sich hatte. Also schlug er behutsam den schweren Lederband auf und sprang gleichzeitig einen Schritt zurück.

Eine kluge Vorsichtsmaßnahme!

Eine Mumienhand kam aus den Seiten heraus. Sie hielt einen blitzenden Dolch in den toten Fingern. Die Klinge war messerscharf. Von der Spitze tropfte Blut aufs Papier. Die rote Flüssigkeit formte sich zu einer Schrift – zu einer Warnung:

ICH WERDE JEDEN UNBEFUGTEN TÖTEN!

»*Silencium*«, murmelte Silkus geistesgegenwärtig. »Ich bin nicht unbefugt.«

## - Kapitel Nr. 1 -

Mumienhand und Dolch verschwanden. Trotzdem war Silkus Kordus auf der Hut. Das Buch war gefährlich, das durfte er keinen Augenblick vergessen. Zaghaft blätterte er mit seinen behandschuhten Fingern die ersten Seiten um.

Bilder stiegen auf und breiteten sich im Raum aus. Der Archivar schnappte japsend nach Luft. Er sah wunderschöne Frauen ... herrliche Landschaften ... ungeahnte Reichtümer ... Liebliche Düfte umgaben ihn, von irgendwoher erklang Musik. Und Silkus WUSSTE, dass mit dem Buch alles möglich sein würde, was er sich erträumte. Mit Hilfe der Zaubersprüche konnte er die schönsten Frauen für sich gewinnen. Jeden Ort der Welt aufsuchen. So reich werden, wie er es sich wünschte. Er konnte sogar den Tod besiegen und ewig leben. Er würde die Welt beherrschen können und Zugang zu allen Geheimnissen des Universums bekommen ...

Plötzlich schreckte ihn ein Klirren auf. Silkus wurde aus seinen Betrachtungen gerissen. Er sah auf und entdeckte eine Katze, die auf dem Regal saß. Sie hatte ihre Futterschale hinuntergestoßen. Die Schale war auf dem Boden zerbrochen und der Inhalt überall verstreut.

Den Zauberer packte eine unbändige Wut.

»Du blödes Tier, was fällt dir ein?« Er stürzte auf die Katze zu. Wenn sie sich nicht auf ein höheres Regalbrett gerettet hätte, hätte er sie am Nackenfell erwischt und erbarmungslos geschüttelt.

»Na warte, ich kriege dich!« Er sah sich nach einem Hocker um, auf den er steigen konnte. Da! Er zerrte einen Stuhl herbei. Erst als er den Fuß auf die Sitzfläche stellte, wurde ihm bewusst, was er tat. Du meine Güte! Wollte er der Katze wirklich den Hals umdrehen, nur weil sie ihr Futter umgestoßen hatte? Er liebte sie doch und freute sich jedes

Mal, wenn sie ihn im Archiv besuchte. Silkus stellte vorsorglich immer eine Schale Futter für sie bereit. Er genoss es, wenn die Katze nach dem Fressen schnurrend um seine Beine strich und sich streicheln ließ. Noch nie hatte er ihr etwas antun wollen – selbst damals nicht, als sie einmal ihre Krallen ausgefahren und ihn gekratzt hatte.

Was war heute nur mit ihm los? Woher kam die unbändige Wut, die ihm fast die Besinnung geraubt hatte?

Es musste an dem Buch liegen!

Er wandte den Kopf und starrte auf das unheimliche Ding. Die Katze auf dem Regal maunzte anklagend. Als Silkus zu ihr blickte, sah er, dass sie ängstlich ihr Fell gesträubt hatte.

»Keine Sorge, dir passiert nichts«, beruhigte er sie. »Es tut mir leid, dass ich auf dich losgegangen bin. Das kommt nie wieder vor, ich versprech's dir!«

Die Katze entspannte sich.

Silkus Kordus näherte sich wieder dem gefährlichen Buch. Er musste noch vorsichtiger damit umgehen. Vor allen Dingen durfte er nicht zulassen, dass der böse Geist, der in dem Buch wohnte, Besitz von ihm ergriff! Denn das konnte schlimm enden …

Silkus streckte die Hände aus, die noch immer von den Handschuhen geschützt wurden, und klappte das Buch zu. Leider gab es keine Schutzkappe, mit der er seinen Geist vor dem unheilvollen Einfluss des Buches schützen konnte. So eine Kappe wäre sehr hilfreich gewesen, denn es handelte sich zweifellos um ein sehr, sehr mächtiges, schwarzmagisches Buch.

## Gefährliche und verbotene Bücher

Zauberbücher sind für den Leser manchmal lebensgefährlich. Dabei geht es nicht nur um gefährliche Inhalte, sondern das Buch an sich ist schon ein Risikofaktor.

Manche Bücher sind mit einem Fluch belegt, um zu verhindern, dass der Inhalt von den falschen Leuten gelesen wird.

Eine kundige Hexe merkt die Gefährlichkeit eines Buches daran, dass es sich von außen lebendig anfühlt. Es ernährt sich von positiven Gedanken und Gefühlen der Leser. Dieser macht dadurch eine kurzfristige Charakterveränderung durch, eine Wandlung zum Bösen sozusagen. Das liegt an dem bösen Geist im Zauberbuch. Sobald der Leser das Buch aufschlägt, ergreift der Geist Besitz von seinem Körper und übernimmt die Steuerung. Erst kurz vor dem Tod seines Wirts verlässt der böse Geist sein Zuhause und sucht sich ein anderes geeignetes Buch. Dort versteckt er sich und wartet, bis das Buch aufgeschlagen wird und er einen neuen Körper besetzen kann. Nur ganz erfahrene Zauberer und Hexen schaffen es, sich gegen einen solchen bösen Geist zu wehren und das Buch trotzdem zu lesen.

Andere gefährliche Bücher ziehen den Leser beim Aufschlagen in eine ferne Welt, in der er sich unter Umständen ganz verlieren kann. Manche Leute gehen auf diese Weise völlig verloren, weil sie niemals in ihre eigene Welt zurückfinden.

---

Trotz des Vorfalls spürte Silkus, welche Faszination von dem Zauberbuch ausging. Er erinnerte sich an die Bilder, die er gesehen hatte. Alle Möglichkeiten der Welt lagen nun vor ihm, jeder Weg stand ihm offen. Es war eine ungeheure Verlockung, das Buch zu benutzen.

## ~ Kapitel Nr. 1 ~

Aber Silkus wusste auch, wie heimtückisch schwarze Magie war. Man konnte ihr rettungslos verfallen.

Ich muss das Buch vernichten, bevor mir Schlimmes widerfährt, dachte Silkus grimmig. Am Ende erliege ich der Versuchung und benutze seine Zaubersprüche. Und dann habe ich mich dem Bösen ausgeliefert und es gibt kein Zurück mehr.

Er ahnte, dass es dem vermummten Besucher wohl ähnlich ergangen war – und dieser deswegen das Buch hier im Archiv abgeladen hatte mit der Bitte, es zu zerstören. Wer der geheimnisvolle Fremde wohl gewesen war? Darüber konnte er jetzt nicht nachdenken, das Buch selbst beanspruchte seine gesamte Aufmerksamkeit. Wie konnte er es nur unschädlich machen?

Eigentlich hätte Silkus diesen Vorfall an oberster Stelle melden müssen. Doch eine eigenartige Scheu hielt ihn davon ab. Er verstand sich nicht besonders gut mit seinen Vorgesetzten und hatte manchmal den Eindruck, dass diese nur darauf warteten, ihm etwas anhängen zu können. Und das Buch würde ihnen eine gute Gelegenheit dazu bieten. Silkus sah sich schon wegen schwarzer Magie angeklagt. Er würde sich vor den Obersten Zauberrichtern rechtfertigen müssen. Die würden sicher nachfragen, wie er in den Besitz eines solchen Buches gelangt war. Die Wahrheit würden sie ihm nicht glauben. Silkus Kordus glaubte sie ja selbst kaum.

»*Verehrte Richter, das Buch brachte mir ein spätabendlicher Besucher, der leider spurlos verschwunden ist, bevor ich ihm einige Fragen stellen konnte. Ich war allein im Archiv der Flüche, die Magische Universität hatte ihre Pforten bereits geschlossen ...*«

Das klang wie eine billige Ausrede von jemandem, der et-

## - Kapitel Nr. 1 -

was zu verbergen hatte. Die Zauberrichter würden Silkus verurteilen. Er würde seine Stelle als Archivar verlieren – und vermutlich noch eine schlimmere Strafe bekommen ...

Nein! Niemand durfte von dem Buch erfahren!

Vorsichtig schlug Silkus Kordus es wieder in die schmutzige Decke und trug es in den Tresor, in dem sonst andere wertvolle oder gefährliche Gegenstände aufbewahrt wurden. Er nahm alle Tresorschlüssel an sich, damit kein anderer den Tresor aufsperrte und das Buch zufällig entdeckte. Dann verließ er das Archiv und die *Magische Universität* und ging nach Hause. In der folgenden Nacht tat er kein Auge zu, sondern grübelte und grübelte. Endlich fasste er einen Entschluss. Er würde eine lange Reise unternehmen und das Buch unterwegs an einem sicheren Ort loswerden ...

Am folgenden Tag ging Silkus Kordus zu seinem Vorgesetzten und beantragte ein Jahr Auszeit – angeblich, um eine Studienreise zu unternehmen. Das gefährliche Buch erwähnte er mit keinem Wort.

Dem Antrag wurde stattgegeben. Schon vier Wochen später hatte man einen Zauberer gefunden, der Silkus Kordus während seiner Abwesenheit vertreten sollte: Amandus Terrus. Silkus wies ihn zwei Tage lang in seine Arbeit ein, was Amandus als viel zu kurz empfand. Er kam mit der eigenartigen Ordnung im Archiv nicht klar. Zugegeben, die Ordnung beruhte hauptsächlich auf Silkus' gutem Gedächtnis, doch daran konnte und wollte Silkus jetzt nichts mehr ändern. Es drängte ihn zum Aufbruch. Das Buch befand sich inzwischen bei ihm zu Hause – und dort war es nicht besonders sicher. Silkus Kordus war sehr froh, als er seine Sachen packen konnte.

Es war ein grauer Tag, als er sich auf die aufregendste Reise seines Lebens begab – ohne zu ahnen, in welche Gefahr er geraten würde ...

Sieben Wochen war Silkus inzwischen unterwegs und hatte unzählige Meilen zurückgelegt. Er hielt sich abseits der großen Straßen und hatte kaum jemanden getroffen. Nur wenn er seine Lebensmittelvorräte ergänzen musste, begab er sich in eines der kleinen Dörfer, ansonsten machte er einen Bogen um sie.

Die Schwefelberge waren nach Silkus' Meinung sehr geeignet, um das Buch loszuwerden. Hierher verirrte sich kaum jemand. Es war eine verlassene Gegend, hässlich und unheimlich. Die Löcher, in denen heißes Wasser blubberte und aus denen giftige Dämpfe aufstiegen, wirkten wie Zugänge zur Hölle. Die scharfkantigen Felsen wurden in der Dämmerung und in der Dunkelheit zu Ungeheuern und schaurigen Gestalten. Doch Silkus fürchtete sich nicht. Er wusste, dass er die größte Gefahr auf seinem Rücken trug, in einem alten abgewetzten Rucksack. In den letzten Tagen schien das Buch zu ahnen, was Silkus mit ihm vorhatte. Die heisere Stimme aus dem Rucksack wurde jedenfalls immer beißender und gehässiger. Manchmal lachte sie den Zauberer aus oder verspottete ihn. Doch Silkus ließ sich nicht beirren. Er würde nicht von seinem Ziel abweichen.

Manchmal war er drauf und dran den Rucksack einfach in eines der brodelnden Löcher zu werfen. Doch würde der Rucksack tatsächlich darin auf Nimmerwiedersehen verschwinden? Oder würde das Buch erneut an die Oberfläche kommen? In den Nächten träumte Silkus davon, wie das Buch ihn verhexte und er jämmerlich zu Grunde ging oder zu einem bösen Schwarzmagier mutierte ...

## ~ Kapitel Nr. 1 ~

Jedes Mal erwachte Silkus schreiend aus dem Schlaf – und jedes Mal lag der Rucksack unschuldig neben ihm und rührte sich nicht. Einmal jedoch hatte der Zauberer ein leises Kichern aus seinem Inneren vernommen. Oh ja, das Buch wusste genau Bescheid, las seine Gedanken und gewann Macht über ihn! Wie Silkus das Ding inzwischen hasste!

Vielleicht hatte das Buch schon mehr Einfluss auf ihn, als er dachte. Es wurde Silkus bewusst, dass er sich seit geraumer Zeit vor der Aufgabe drückte, sich des Buches zu entledigen. Immer gab es andere Gründe. Kein blubberndes Loch schien ihm tief genug, keine Höhle sicher. Die Tage vergingen. Jeden Abend nahm sich Silkus vor, am kommenden Tag sein Vorhaben durchzuführen. Aber er schaffte es einfach nicht!

Es ist wie ein Fluch, dachte Silkus verzweifelt, als er sich wieder aufraffte und weiterging. Er beschloss ein weiteres Mal, das gefährliche Buch nun wirklich bis zum Abend zu vernichten – koste es, was es wolle. In die nächste Höhle, die er fand, würde er das Buch einschließen. Mit einem herbeigezauberten Erdrutsch würde er das Buch für immer verschütten.

Der Zauberer stieg höher und höher den Berg hinauf. In der Ferne ragte ein großer zackiger Felsen auf und Silkus glaubte eine Öffnung darin zu erkennen.

»Das ist der passende Ort!«, murmelte er und ballte die Fäuste. Sein Plan musste klappen!

Doch als Silkus Kordus näher kam, entdeckte er am Fuß des Felsens zwei Gestalten – einen Mann und eine Frau. Verwundert blieb er stehen. Was taten diese Leute mitten in den Bergen? Es war sehr ungewöhnlich, hier jemanden zu treffen …

~ Kapitel Nr. 1 ~

Das mulmige Gefühl in seinem Bauch riet Silkus, sich ein wenig abseits zu halten. Er nutzte jede Deckung und bewegte sich so lautlos wie möglich, ohne das geheimnisvolle Paar aus den Augen zu lassen.

Kein Zweifel, die beiden waren gerade dabei, ein Zauberritual durchzuführen! Silkus versteckte sich hinter einem großen Stein und beobachtete alles. Er war sich sicher, dass es sich um schwarze Magie handelte. Warum sonst hatten sich diese Leute so tief in die Berge zurückgezogen? Das konnte doch nur bedeuten, dass sie keinen Zeugen haben wollten …

Silkus hielt den Atem an. Der Rucksack auf seinem Rücken drückte und fast hatte er das Gefühl, dass sich eine Messerspitze in seine Wirbelsäule bohrte. Dem verhexten Buch war alles zuzutrauen! Doch Silkus ignorierte den Schmerz. Das, was das Paar vor ihm tat, wurde immer geheimnisvoller.

Die Frau trug ein purpurrotes Gewand und tanzte mit wehenden Haaren vor dem Felsen. Der Mann hatte sich hingesetzt und schlug eine Art Trommel. Die beiden hatten ein Feuer entfacht, von dem dunkelblauer Rauch aufstieg. Gemeinsam sang das Paar ein Lied in einer uralten fremden Sprache. Silkus konzentrierte sich. Es war die Runensprache, die er vor vielen Jahren einmal gelernt hatte. Das meiste hatte er jedoch längst vergessen, deswegen konnte er jetzt nur noch einzelne Worte verstehen.

»*Verwandle dich* …«

»… *lange genug* …«

»*Es wird Zeit* …«

Der blaue Rauch verdunkelte den großen Felsen und hüllte ihn schließlich völlig ein. Die beiden Gestalten waren nur noch schemenhaft zu erkennen. Die Funken des Feuers sprühten nach allen Seiten. Der Gesang wurde laut und lauter – und Silkus merkte, wie ihn eine Art Trance überkommen wollte. Er kniff sich heftig in den Arm, um wach und konzentriert zu bleiben.

Plötzlich erklang ein lautes Donnern und Grollen. Der Boden bebte und Silkus klammerte sich krampfhaft an den großen Stein. Das Beben dauerte minutenlang. Als es endlich aufhörte, war die Luft fast undurchsichtig vor lauter Rauch und Staub. Silkus unterdrückte mühsam einen Hustenreiz. Der Rauch kratzte in seiner Kehle, aber er durfte sich jetzt nicht durch ein Geräusch verraten.

Nach und nach wurde die Luft klarer, der Staub sank zu Boden. Auch das Feuer war ausgegangen, zumindest stieg kein blauer Rauch mehr empor. Silkus riss die Augen auf. Er konnte kaum glauben, was er da sah: Der große Felsen war – weg!

Stattdessen stand dort ein Mann. Er war dünn, Haare und Bart reichten ihm fast bis zur Hüfte und er blinzelte mit zusammengekniffenen Augen, so als könne er keine Helligkeit ertragen.

Der Mann, der getrommelt hatte, stand auf und schloss den Hageren in die Arme.

»Jeremias«, hörte Silkus ihn rufen, »endlich! Was bin ich froh dich wiederzusehen – nach so langer Zeit!«

»Valentin!« Der Hagere begann zu schluchzen. »Du hast mich gerettet. Ich habe nicht mehr daran geglaubt, dass mich jemand befreien würde! Ich dachte, ich muss für immer und ewig als Fels in den Schwefelbergen dahinvegetieren!«

»Wehe der Frau, die dir das angetan hat!«, stieß Valentin aus. »Sie wird ihre Tat bitterlich büßen, das verspreche ich dir.«

In diesem Moment drehte sich seine Begleiterin um und entdeckte Silkus Kordus, der unvorsichtigerweise den Kopf zu sehr gereckt hatte.

»Valentin!«, kreischte die Frau mit schriller Stimme und deutete mit ihrem Zeigefinger in Silkus' Richtung. »Wir sind beobachtet worden!«

Ihr Partner drehte sich um. Silkus Kordus blickte in ein finster dreinschauendes Gesicht, und ehe er sich's versah, schoss aus Valentins Zeigefinger ein eisblauer Blitz auf ihn zu. Er traf Silkus mitten in der Brust. Es war, als sei er von einem Pfeil getroffen worden. Der Zauberer spürte einen stechenden Schmerz – und Eiseskälte breitete sich in seiner Brust aus. Die Kälte lähmte ihn, er konnte weder Arme noch Beine rühren. Im ersten Moment glaubte Silkus, er sei tot, doch dann merkte er, dass sein Verstand noch funktionierte.

Wenige Sekunden später stand Valentin vor ihm und starrte ihn mit funkelnden Augen an.

»Warum spionierst du uns nach?«, herrschte er Silkus wütend an.

»Ich ... es war keine Absicht ...« Nur ein Wispern kam aus Silkus' Mund, zu mehr reichte seine Kraft nicht. »Verzeih mir ... ich ... war nur zufällig in der Gegend ...«

»In diese Gegend kommt man nicht zufällig. Was treibt dich hierher und warum spionierst du uns nach? Du hast Dinge gesehen, die nicht für fremde Augen bestimmt waren.« Valentin zog zornig die Augenbrauen zusammen. »Wir können keine Zeugen gebrauchen.«

Die Drohung hatte Silkus verstanden. Der Fremde wollte ihm an den Kragen.

Silkus fragte sich, warum er immer solches Pech hatte. Erst

lud ein unheimlicher Unbekannter ein gefährliches Buch bei ihm ab, das man nicht so einfach loswerden konnte. Und nun wollte jemand ihn umbringen, nur weil er sich dummerweise in seiner Nähe aufgehalten hatte.

Jetzt trat die Frau neben Valentin – und Silkus hoffte einen Augenblick lang, dass sie ein gutes Wort für ihn einlegen würde. Doch dann sah er den Hass in ihrem Blick.

»Warum zögerst du noch?«, zischte sie Valentin an. »Um diese jämmerliche Gestalt ist es doch wirklich nicht schade.«

»Spürst du nichts, Felicitas?«, fragte Valentin und runzelte die Stirn.

»Was soll ich spüren?«, keifte sie.

»Starke Magie«, erwiderte Valentin. »Der Kerl muss einen mächtigen Zaubergegenstand bei sich tragen.«

»Ich spüre ... tatsächlich ... magische Wellen. Wie kann das sein?«, fragte Felicitas.

»Schau doch mal in seinem Rucksack nach«, befahl Valentin.

»Ich? Warum ich? Das kannst du doch selbst tun.« Felicitas verschränkte die Arme.

Valentin stöhnte, dann machte er zwei Schritte vorwärts und nahm Silkus, der sich noch immer nicht rühren konnte, den Rucksack ab. Sogleich begann das Buch darin zu toben.

»Sieh mal einer an«, murmelte Valentin. »Sehr interessant, was wir da haben ...« Er machte Anstalten, den Rucksack zu öffnen.

»Sei vorsichtig!«, warnte Felicitas ihn.

Valentin drehte den Rucksack um, um den Inhalt auf den Boden zu leeren. Das Buch rutschte heraus, landete mit aufgeschlagenen Seiten auf den Steinen, machte einige Hüpfer und biss sich in Valentins Stiefel fest.

»Ein verbotenes Buch!«, schrie Felicitas entzückt. »Ist es

vielleicht das eine, das wir schon lange suchen, *Rätsel aus dem Reich des Todes*?«

Valentin bückte sich, fasste das Buch vorsichtig an den äußersten Kanten an und hielt es weit von sich weg. Das Buch zappelte und spuckte Gift und Galle auf den Boden. Valentin lächelte.

»Noch besser, Felicitas«, antwortete er. »Es ist *Das namenlose schwarze Zauberbuch*. Was für ein Fund! Jetzt stehen uns alle Möglichkeiten offen!«

# Wenn dich der Blick eines Fremden verzaubert, sei vorsichtig!

Nele war in großer Eile. Bestimmt hatte der Unterricht bereits begonnen. Sie rannte über den Schulhof, so schnell sie konnte. Die Luft stach in ihren Lungen.

»Mist! Mist! Mist!« Nele ärgerte sich über sich selbst. Frau Treller, die Klassenlehrerin, hatte sie schon mehrfach wegen ihrer Unpünktlichkeit ermahnt und ihr gestern sogar angedroht sie zum Direktor zu schicken, wenn es noch einmal vorkam. Und heute war sie schon wieder spät dran!

Wenn Nele nur Elena oder Miranda träfe! Ihre beiden Freundinnen waren waschechte Hexen – was aber nur Nele und Jana wussten. Miranda konnte sicher einen kleinen Zauber durchführen und damit wäre das Problem sofort aus der Welt.

Aber Elena und Miranda saßen jetzt sicher im Klassenzimmer auf ihren Plätzen. Sie wurden meistens von Elenas Großmutter Mona zur Schule gefahren. Mona war eine lausige Autofahrerin, aber trotzdem schaffte sie es immer irgendwie, die Mädchen pünktlich vor dem Schultor abzuliefern.

»Könnte ich nur selber hexen!«, murmelte Nele, als sie die Eingangstür aufriss. Weil sie zur großen Uhr an der Wand blickte – es war tatsächlich schon fünf Minuten nach acht –, übersah sie den Jungen, der im selben Moment von rechts kam. Die beiden stießen so heftig zusammen, dass Nele das Gleichgewicht verlor und auf dem Hintern landete.

»Tut mir leid«, rief der Junge und streckte Nele die Hand hin, um ihr vom Boden aufzuhelfen. »Ich hab dich nicht gesehen.«

Nele griff automatisch zu und ließ sich hochziehen. Der fremde Junge war groß, braunhaarig – und hatte die hellblausten Augen der Welt. Nele starrte ihn an. Normalerweise war sie nie um Worte verlegen, aber jetzt brachte sie keinen Ton heraus.

»Es tut mir leid«, sagte der Junge noch einmal. »Hast du dir wehgetan?«

Nele schüttelte den Kopf. Sie musste ihn noch immer ansehen. Er hatte eine Stupsnase und eine braune Locke fiel ihm in die Stirn.

»Ich bin Arne und neu an der Schule«, stellte er sich vor. »Kannst du mir sagen, wo das Oberstufenzimmer ist?«

»Das Oberstufenzimmer«, wiederholte Nele und hatte das Gefühl, dass ihr Gehirn nicht richtig funktionierte. »Klar kann ich dir das sagen. Das Oberstufenzimmer … äh … das ist …« Sie schluckte, während sie in ihrem Gedächtnis nachforschte. »Äh … im zweiten Stock.«

»Danke.« Arne lächelte und bewegte dann seinen Arm. Nele hielt noch immer seine Hand fest.

»Ach so, ja.« Sie ließ ihn los, als hätte sie sich verbrannt. Das Blut schoss ihr in die Wangen.

»Tschüs.« Er lächelte sie noch einmal an und ging dann mit langen Schritten zur Treppe.

Nele blickte ihm hinterher. Endlich gelang es ihr, die Benommenheit abzuschütteln. Trotzdem fühlte sie sich noch immer wie auf Wolken, als sie zu ihrem Klassenzimmer lief. Etwas war geschehen, die Welt hatte sich von einem Augenblick zum anderen verändert ... Frau Treller war nicht mehr wichtig. Schwungvoll öffnete Nele die Tür. Alle Köpfe fuhren herum.

»Aha, Nele«, sagte Frau Treller, die gerade etwas an die Tafel geschrieben hatte. Ihr Tonfall klang leicht genervt, als sie hinzufügte: »Wer sonst?«

»Tut mir leid«, sprudelte Nele heraus. »Ich wäre heute pünktlich gewesen, aber vor der Haustür ist mir der Schnürsenkel gerissen und ich musste noch mal zurück. Ich kann nichts dafür, ehrlich nicht. Sie können meine Mutter fragen, wenn Sie mir nicht glauben.«

Die Lüge war ihr ohne jegliche Mühe über die Lippen gekommen.

»Aha«, sagte Frau Treller noch einmal. Sie sah Nele streng an. »Na gut, ich glaube dir. Ausnahmsweise. Das war aber wirklich das allerletzte Mal, dass du zu spät zum Unterricht gekommen bist!«

Nele nickte und ging auf ihren Platz, wo Jana sie schon erwartete.

»Glück gehabt!«, zischte sie Nele zu.

Nele zuckte die Achseln und packte ihre Sachen aus. In Gedanken sah sie noch immer Arnes Gesicht vor sich. Sie hatte noch nie einen so süßen Jungen gesehen ...

Jana stieß sie in die Rippen. »He, was soll das?« Sie deutete auf die Dinge, die auf Neles Pult lagen.

Nele hatte ihr Pausenbrot und einen Apfel ausgepackt, ihren Zirkelkasten und das Geodreieck. Dabei hatten sie jetzt Englisch.

»Oh ja, richtig.« Nele räumte die Sachen wieder ein und

holte ihr Englischbuch und das Heft hervor. Sie versuchte sich auf den Unterricht zu konzentrieren, aber fünf Minuten später merkte sie, dass sie die ganze Zeit den Heftumschlag mit kleinen Herzchen verzierte. Jana kicherte.

»Was ist denn mit dir los?«, flüsterte sie.

»Ich muss dir was erzählen«, wisperte Nele zurück. »Aber nicht jetzt, sondern in der Pause.« Sie machte ein unschuldiges Gesicht, weil Frau Treller sie streng ansah.

»Nele«, sagte die Lehrerin, »würdest du uns bitte die Grammatikregeln erklären, die ich euch gestern beigebracht habe? *In English, please!*«

Nele stöhnte, dann stand sie auf und ging an die Tafel.

»Wie er mich angelächelt hat«, erzählte Nele in der Pause. »Gleich zweimal. Und diese Augen! Ich hab noch nie solche Augen gesehen, ich schwör's.«

»So was nennt man *Liebe auf den ersten Blick*«, meinte Jana und grinste.

Elena und Miranda nickten. Sie waren zwar noch nicht sehr lange in der Menschenwelt und kannten noch längst nicht alles, aber von der Liebe auf den ersten Blick hatten sie auch schon gehört. So etwas Ähnliches gab es auch in der Hexenwelt, man nannte es *Augenzauber* – obwohl es genau genommen keine Magie war. Oder vielleicht doch. Jedenfalls keine Magie, hinter der eine Absicht steckte. Augenzauber passierte einfach ...

»Ja, ich glaube, du hast Recht«, sagte Nele und wurde glühend rot. »Mich hat's erwischt. Ich muss dauernd an Arne denken ...«

»Du hast seinen Namen auf dein Mäppchen geschrieben«, sagte Jana. »Drei Mal.«

# Augenzauber

In der Hexenwelt kann ein Blick viel bedeuten. Es gibt den *bösen Blick* (Teil der schwarzen Magie), mit dem man dem anderen Unglück an den Hals zaubert.

Im Gegensatz dazu existiert auch ein *lieber Blick* (manchmal auch Liebesblick genannt = falsche Schreibweise!). Er entzieht sich jedoch der Kontrolle. Liebe Blicke werden unabsichtlich abgeschickt – und sie lösen beim Empfangenden ein wohlig-warmes Gefühl und Interesse für den anderen aus. Manchmal kann es auch sein, dass sich zwei liebe Blicke begegnen – und dann entsteht das, was man Augenzauber nennt. In der Regel müssen sich die beiden andauernd anschauen, es ist fast unmöglich, sich voneinander zu lösen. Man ist wie verzaubert von der Gegenwart des anderen.

Zauberer aller Zeiten haben versucht diese Anziehungskraft zu erklären. Im 17. Jahrhundert kam Aloisius Bandelhohl (den man auch den Zittrigen Zauberfinger nannte) zu der Erkenntnis, dass es sich beim Augenzauber um eine »magische Entladung des Gehirns durch die Augen« handele. Es sei dann ein Überschuss an magischer Energie vorhanden, die nicht genutzt werde, und so wie ein voller Brunnen manchmal überläuft, »tröpfele« die Magie praktisch durch die Augen heraus.

Paulus Plinfisch dagegen, ein berühmter Schabernackzauberer des 19. Jahrhunderts, behauptete, es handele sich um eine bakterielle Augenerkrankung, die das Auge durchlässig für *magnetische Magie* mache. Seine Theorie konnte niemals nachgewiesen werden. (Magnetische Magie wird angewendet, um Gegenstände aus Schränken und Regalen herbeizuholen, ohne dabei Muskelkraft anzuwenden. Während dieser Zauberhandlung sitzt die Magie auf den Fingerspitzen!)

Im 20. Jahrhundert ging man dazu über, den Augenzauber als einen Teil des hexischen Fortpflanzungsverhaltens anzusehen. Es gab heftige Proteste. Etliche Hexen beschwerten sich, sie seien doch keine Menschen – und der Augenzauber sei auf keinen Fall etwas Ähnliches wie die »Liebe auf den ersten Blick«. Doch Fachleute sehen da durchaus Parallelen. Möglicherweise handelt es sich um dasselbe Phänomen, das noch aus einer Zeit stammt, in der der *Homo sapiens sapiens* und der *Homo sapiens magus* gemeinsame Vorfahren hatten.

## - Kapitel Nr. 2 -

»Na und?«, gab Nele zurück. »Es ist mein Mäppchen und da kann ich draufschreiben, was ich will.«

»Da hast du instinktiv einen einfachen Zauber kopiert, Nele«, sagte Miranda. »Es ist der Versuch, Macht über die andere Person zu erlangen.« Sie erklärte, wie der Zauber funktionierte. »Man schreibt den Namen mehrmals auf ein Stück Papier und stellt sich vor, was diese Person machen soll. Dazu noch der passende Zauberspruch – und die Person tut, was du willst.« Miranda lächelte. »Außer, sie hat gerade etwas anderes vor oder die Person ist sehr willensstark, dann ist es wesentlich schwieriger.«

Nele packte Miranda am Ärmel. »Dann verrate mir doch den Zauberspruch«, bettelte sie. »Ich will, dass Arne zu mir kommt und mich anspricht.«

Miranda schüttelte den Kopf. »Ich habe es dir doch schon oft gesagt: Zauberei ist nichts für Menschen!«

»Ist es doch«, maulte Nele.

»Ist es nicht«, widersprach Miranda.

»Das ist gemein«, sagte Nele. »Ihr Hexen dürft immer alles. Euer Leben ist viel einfacher.«

»Wir dürfen gar nicht alles«, stellte Elena klar. »Und in der Menschenwelt sollen wir so wenig wie möglich hexen. Am besten gar nicht.«

Aber Nele hörte gar nicht hin. Sie reckte suchend den Kopf. Plötzlich begann sie zu strahlen. »Dort hinten steht er!«, rief sie.

Arne stand in einer Gruppe älterer Jungen und Mädchen und wirkte noch ein bisschen verloren. Immer wieder strich er sich nervös durchs Haar.

Elena blickte ebenfalls in die Richtung und sah, dass sich auch ihre Schwester Daphne in der Gruppe befand.

## ~ Kapitel Nr. 2 ~

»Wenn Arne nur zu mir hergucken würde!« Nele seufzte. Sie blickte Miranda und Elena flehend an. »Ihr beide könntet das doch für mich regeln ... Ach bitte! Stellt euch doch nicht so an! Ihr müsst eure Vorschriften doch nicht so genau nehmen ...«

»Na ja«, Miranda wandte den Kopf, »es ist ja wirklich nur eine Kleinigkeit, da hast du Recht.« Sie schnippte unmerklich mit den Fingern und murmelte lautlos ein paar Worte, die Elena nicht verstand.

Arne drehte sich um, als hätte jemand ihn gerufen. Sein Blick glitt suchend umher. Dann setzte er sich zögernd in Bewegung und ging quer über den Schulhof.

»Wow!« Nele hüpfte vor Ungeduld. »Er kommt auf mich zu, er kommt auf mich zu!«

Tatsächlich sah es so aus, als würde Arne zu den Mädchen gehen. Doch dann lief er knapp an ihnen vorbei, um eine Bananenschale in den Bio-Abfall zu werfen.

Miranda gab Nele einen Rippenstoß. »Los, deine Chance. Alles kann ein Zauber auch nicht erledigen.«

Nele wurde knallrot, schnappte sich Jana, hakte sie unter und stellte sich Arne in den Weg. Als er sich umdrehte, wären sie fast ein zweites Mal zusammengestoßen. Arne bremste rechtzeitig.

»Hallo.« Er lächelte. »Zweimal am Tag zusammenzuknallen ist vielleicht ein bisschen viel.«

»Ja ... ähm ... ja ... vielleicht«, stotterte Nele und wurde tiefrot, während Jana leise kicherte.

»Trotzdem schön dich wieder zu treffen«, sagte Arne. »Ich bin froh, wenn ich ein bekanntes Gesicht entdecke – bei so vielen fremden Leuten.«

»Ich ... ich heiße übrigens Nele«, krächzte Nele.

»Wir gehen in die 8a«, ergänzte Jana.

»Ah ja?« Arne hob die Hand. »Also – man sieht sich bestimmt.« Und dann schlenderte er zurück zu seiner Gruppe.

Nele seufzte laut.

»*Man sieht sich bestimmt*«, äffte Jana den Jungen nach.

»Sülz, sülz!«, stichelte Miranda.

»Ihr seid gemein!«, fauchte Nele. Ihre Augen blitzten.

»Ach komm, die machen sich ja nur ein bisschen lustig«, lenkte Elena ein. »Weil du zum ersten Mal verknallt bist. Und wie es den Anschein hat, mag er dich auch, sonst hätte er anders reagiert.«

»Meinst du wirklich?«, fragte Nele hoffnungsvoll.

Elena nickte.

»Außer, wenn er es nicht ganz freiwillig gesagt hat«, ergänzte Miranda und grinste. »Könnte ja sein, dass *ich* ein bisschen nachgeholfen habe.«

»Und – hast du?«, wollte Nele sofort wissen.

Miranda tat so, als würde sie ihren Mund mit einem Schlüssel verschließen. »Meine Lippen sind versiegelt«, behauptete sie.

Nele sah wütend aus.

»Miranda hat nicht gezaubert«, versicherte Elena. »Das hätte ich gemerkt. Arne hat es ehrlich gemeint.«

Nele lächelte selig und schickte Arne einen verliebten Blick hinterher. »Aber ob ich nicht zu jung für ihn bin?«, fragte sie dann zweifelnd. »Wenn er in die Kollegstufe geht, dann ist er schon siebzehn oder achtzehn.«

»Na und?«, sagte Elena. »Deswegen kann er dich doch trotzdem gut finden. Jetzt sieh mal nicht so schwarz. Vielleicht ist das heute der Beginn einer langen ...«

»Liebe«, ergänzte Jana schnell.

## ~ Kapitel Nr. 2 ~

»Und in fünfzehn Jahren habt ihr sechs Kinder.« Miranda lächelte und verschränkte zufrieden die Arme.

»Gleich sechs?« Nele zog die Augenbrauen hoch und grinste. »Das ist ein bisschen viel!«

»Ich finde es schön, dass Nele verknallt ist«, sagte Miranda, als sie und Elena am Nachmittag in Elenas Zimmer saßen. »Jetzt kann sie vielleicht besser verstehen, was ich für Eusebius empfinde.« Sie blickte auf ihren Ring, den der junge Hexer ihr vor einiger Zeit geschenkt hatte.

»Und ich weiß noch immer nicht, wie es ist, verliebt zu sein«, beschwerte sich Elena. Vor einiger Zeit war Kevin, Neles Bruder, in sie verliebt gewesen und eine Weile hatte er Elena ziemlich durcheinandergebracht. Er hatte sie sogar einmal geküsst, aber daran erinnerte sich Elena höchst ungern. Kevin hatte jedenfalls nicht die Gefühle in ihr hervorgerufen, die man normalerweise mit dem Verliebtsein verband: starkes Herzklopfen, weiche Knie und das Flattern von tausend Schmetterlingen im Bauch.

Allerdings wusste Elena nicht, ob Verliebtsein wirklich so erstrebenswert war. Ihre ältere Schwester verliebte sich dauernd – und war meistens unleidlich. Entweder weil sie ihr Ziel noch nicht erreicht hatte oder weil sie sich mit ihrem neuen Freund ständig stritt. Sie war dann eine Plage für die ganze Umgebung!

Und noch einen Nachteil hatte das Verliebtsein: Eine Hexe verlor dabei allzu leicht die Kontrolle über ihre Zauberkräfte. Und sie produzierte außerdem *Amormagie* – nächtliche Erscheinungen, die in der Regel harmlos waren, aber trotzdem ziemlich lästig sein konnten.

»Das Dumme ist nur, dass Eusebius und ich uns so selten

sehen können«, murmelte Miranda. Sie blickte traurig vor sich hin. »Ich glaube, ich bin nicht geschaffen für so eine Fernbeziehung.«

Elena zuckte erschrocken zusammen. »Heißt das, dass du in die Hexenwelt zurückwillst?«

Vor einigen Monaten waren die Bredovs zusammen mit Elenas bester Freundin Miranda Leuwen in die Menschenwelt gekommen. Der Vater, Leon Bredov, war von den Zauberrichtern verurteilt und in einen Leguan verwandelt worden, und die Familie hatte ihr Ansehen verloren. Um den guten Ruf wiederherzustellen, waren die Bredovs freiwillig eine Zeit lang ins HEXIL – also zu den Menschen – gegangen. Inzwischen hatte sich geklärt, dass Leon nur zum Schein verurteilt worden war – er arbeitete in Wirklichkeit als Geheimagent für die Zauberregierung. Die Bredovs hätten also in die Hexenwelt zurückkehren können, aber Leon fand, dass seine Familie in der Menschenwelt sicherer war, solange er einen mächtigen Schwarzmagier namens Mafaldus Horus verfolgte. Also waren die Bredovs geblieben.

Elena gefiel es in der Menschenwelt sehr gut und es hätte ihr leidgetan, ihre neuen Freundinnen Jana und Nele verlassen zu müssen.

»Ich weiß nicht, ob ich wirklich zurückwill«, sagte Miranda und drehte in Gedanken an ihrem Ring. »Aber ich halte es einfach nicht aus, wenn ich Eusebius immer nur alle paar Wochen sehen kann. Wenn ich wieder zu meinen Eltern in die Hexenwelt gehe, könnten wir uns bestimmt viel öfter treffen …« Sie schluckte. »Aber eigentlich sind meine Erfahrungen hier im HEXIL sehr nützlich. Ich will doch Diplomatin werden und zur besseren Verständigung zwischen den Hexen und den Menschen beitragen!«

## ~ Kapitel Nr. 2 ~

Das war Mirandas größter Wunsch. Zwischen den Hexen und den Menschen gab es etliche Missverständnisse. Früher hatten die Menschen die Hexen erbittert verfolgt und in manchen Teilen der Welt geschah das heute noch. Die meisten Menschen ahnten nicht, dass neben der eigentlichen Welt eine zweite Welt – die Welt der Hexen und Zauberer – existierte. Es war nicht einfach, die Grenze zu überschreiten.

»Hast du denn schon mit Eusebius darüber geredet?«, fragte Elena vorsichtig. Sie wollte sich nicht vorstellen, wie es wäre, wenn Miranda ohne sie in die Hexenwelt zurückging. Dann hätte sie niemanden mehr, mit dem sie abends auf der Bettkante sitzen und Geheimnisse austauschen konnte. Elena und Miranda wussten alles voneinander. Ohne sie wäre es … Elena dachte nicht weiter.

»Nein, ich habe noch nicht mit ihm gesprochen«, antwortete Miranda. »Ich weiß ja nicht, wie er es sieht. Vielleicht genügt es ihm, dass wir uns so selten treffen.« Ihre Stimme klang unsicher. »Kann ja sein, dass ich ihn mehr mag als er mich …«

»Glaub ich nicht«, widersprach Elena.

In diesem Moment gab es einen gedämpften Knall und Eusebius stand vor ihnen. Eine leichte Rauchwolke war dabei entstanden, doch der Qualm verzog sich sofort.

Miranda war erschrocken zusammengefahren, aber dann begann sie zu strahlen. Sie sprang auf und umarmte den jungen Hexer.

»Oh Eusebius, gerade haben wir von dir geredet! Was für ein Zufall!«

Eusebius lächelte glücklich und küsste Miranda auf den Scheitel. Dann blickte er Elena an. »Hallo Elena! Alles in Ordnung bei euch?«

Elena nickte. »Ja, eigentlich schon. Ich kann mich jedenfalls nicht beklagen.«

»Es ist so schön, dass du mich besuchst«, sagte Miranda. »Gerade habe ich mich beschwert, dass wir uns viel zu selten sehen.«

»Das stimmt.« Eusebius wurde ernst und schob Miranda behutsam von sich. »Leider wird sich das in der nächsten Zeit nicht ändern. Ich kann auch nur kurz bleiben, bin sozusagen auf der Durchreise …«

Mirandas Blick wurde traurig.

Genau wie Papa, dachte Elena. Leon Bredov konnte auch nie lange in der Menschenwelt bleiben, es wartete immer schon der nächste Geheimauftrag auf ihn. Elena konnte deswegen die Enttäuschung ihrer Freundin gut verstehen.

»Es geht nicht anders«, sagte Eusebius und strich Miranda zärtlich über den Arm. »Ich bin gekommen, um mich von dir zu verabschieden, Miranda. Ich werde in der nächsten Zeit viel unterwegs sein.«

Miranda sah ihn fragend an. »Wo musst du denn hin? Was hast du vor?«

Eusebius wollte zunächst nicht mit der Sprache herausrücken. Erst als Miranda nachbohrte und zu betteln anfing, sie doch nicht so zu quälen, erzählte er, was er vorhatte.

»Ich werde Mafaldus Horus eine Weile begleiten müssen.«

Vor Schreck wurde es Elena eiskalt und Miranda erging es sicher ähnlich, denn sie wurde ganz blass. Mafaldus Horus war der gefährlichste Schwarzmagier der Hexenwelt. Es war ihm sogar gelungen, aus der Unterwelt zu entkommen. Seither wurde er von Elenas Vater und anderen Agenten der Hexenregierung gejagt.

Miranda schluckte heftig. »Aber was hast du mit Mafaldus

Horus zu tun?«, fragte sie mit rauer Stimme. »Wo ist er? Bist du ihm begegnet?«

Eusebius zögerte. »Mein Onkel ... du weißt, er ist ein Anhänger der *Schwarzen Zauberkutten* ...«

Miranda und Elena nickten. Theobaldus Magnus war in der Hexenwelt ein angesehener Magier, aber er trieb ein doppeltes Spiel und hatte sich heimlich der verbotenen Gruppierung angeschlossen. Bisher waren seine Machenschaften noch nicht aufgeflogen. Eusebius war Theobaldus' Neffe und gehörte dem Schein nach auch zu den *Schwarzen Zauberkutten*. In Wahrheit war er ein Geheimagent wie Elenas Vater und arbeitete auch oft mit ihm zusammen.

»Mein Onkel hat Mafaldus in seiner Gruft versteckt«, berichtete Eusebius. »In einem Sarg. Niemand weiß davon, ich bin der Einzige außer meinem Onkel. Mafaldus wird überall im Land gesucht. Er will uns bald verlassen und hat verlangt, dass ich ihn begleite.«

»Warum ausgerechnet du?«, rief Miranda. »Warum begleitet ihn nicht dein Onkel? Der hat schließlich Mafaldus versteckt, nicht du ...« Sie sah Eusebius flehend an. »Bitte geh nicht! Ich habe solche Angst um dich.«

»Du musst nichts befürchten«, murmelte Eusebius. »Mafaldus wird mir nichts tun. Er denkt ja, dass ich auf seiner Seite stehe.«

Auch Elena hatte ein ungutes Gefühl. Die Vorstellung, dass Mirandas Freund mit dem gefährlichsten Magier aller Zeiten unterwegs sein würde, jagte ihr einen Schauder über den Rücken. Was würde passieren, wenn Mafaldus herausfand, dass Eusebius in Wirklichkeit als Geheimagent arbeitete? Oder noch schlimmer: wenn sich Eusebius in Mafaldus' Gegenwart der Faszination der schwarzen Magie nicht entziehen konnte?

»Kann nicht ein anderer gehen?«, fragte Miranda noch einmal. Sie war so verzweifelt, dass Tränen in ihren Augen standen.

Eusebius schüttelte den Kopf. »Bitte, Miranda«, sagte er. »Ich muss es tun, wenn mein Onkel keinen Verdacht schöpfen soll! – Ich weiß, dass die nächste Zeit schwer für dich wird. Deswegen wollte ich es dir eigentlich nicht sagen. Ich will nicht, dass du dir Sorgen um mich machst. Und glaube mir bitte, für mich ist es auch nicht einfach!«

Mirandas Lippen begannen zu beben. Dann flossen die Tränen über ihr Gesicht. Eusebius nahm sie in die Arme und drückte sie fest an sich.

Auch Elena war zum Heulen zu Mute. Sie hatte dieselbe Meinung wie Miranda: Ein anderer sollte Mafaldus Horus begleiten, nicht Eusebius …

»Wenn der Plan gelingt, dann werden wir Mafaldus diesmal für immer festsetzen«, sagte Eusebius. »Elenas Vater und ich sind ständig in Kontakt. Wir werden Mafaldus eine Falle stellen und er wird in die Unterwelt zurückkehren müssen.«

Miranda löste sich von ihm. Sie war noch immer ganz weiß im Gesicht und konnte vor Kummer kaum sprechen. Elena war voller Mitgefühl und fast wütend auf Eusebius. Wie konnte er Miranda das antun, wenn er sie angeblich gernhatte? Er musste doch begreifen, dass sie kein Auge mehr zutun würde vor lauter Sorge um ihn!

»Miranda«, er streichelte ihre Wange, »du bist klug, du wirst mich verstehen. Als Hexer muss man manchmal Dinge tun, die … die nicht gerade bequem sind. Vor allem, wenn man gegen das Böse arbeitet …«

Miranda schniefte, schnippte dann mit den Fingern und schnäuzte sich in das Taschentuch, das sie herbeigezaubert hatte.

Eusebius lächelte. »Und wenn ich die Sache hinter mich gebracht habe, dann machen wir zusammen eine Reise! Irgendwohin, wo es schön ist und wir viel Zeit füreinander haben. Nur wir beide …« Seine Stimme klang zärtlich.

Elena spürte einen Stich Eifersucht. Sie fühlte sich ausgeschlossen. Natürlich gönnte sie Miranda, dass sie jetzt einen Freund hatte. Aber warum konnte man nicht einfach manche Dinge zu dritt unternehmen?

»Nur wenn Elena auch mitkommen darf«, sagte Miranda und schniefte noch einmal.

Elena hätte ihre Freundin am liebsten umarmt. So eine treue Seele!

»Klar kann Elena mitkommen, warum nicht?«, meinte Eusebius und warf einen Blick zu Elena. »Jetzt seid bitte nicht mehr traurig! Elena, versprich mir, dass du auf Miranda aufpasst, bis alles vorbei ist.«

»Und … und wie lange wird es dauern?«, wollte Miranda wissen. Sie weinte nicht mehr, aber ihre Augen waren noch ganz rot.

»Ich weiß es nicht genau«, antwortete der junge Hexer. »Zwei, drei Wochen vielleicht? Ich werde immer an dich denken, Miranda, jeden Tag. Auch wenn wir in dieser Zeit keinen Kontakt haben dürfen.«

Miranda stöhnte leise.

## - Kapitel Nr. 2 -

»Hast du noch den Ring?«, fragte Eusebius.

Sie nickte heftig. »Natürlich!«

Eusebius hatte Miranda vor einiger Zeit einen silbernen Ring mit einem roten Stein geschenkt. Miranda trug ihn nur selten und bewahrte ihn die meiste Zeit in einem Schmuckkästchen auf. Mit dem Ring hatte es eine besondere Bewandtnis: Wenn Miranda den Stein küsste, dann fühlte Eusebius den Kuss auf seinen Lippen, egal wo er sich gerade aufhielt. Das war bisher ein Zeichen gewesen, dass Miranda in Not war und dringend seine Hilfe benötigte.

»Mit Hilfe des Rings kannst du mir ja auch zeigen, dass du an mich denkst«, sagte Eusebius. »Du musst nicht unbedingt in Not sein, wenn du den Stein küsst. Ich werde auf dein Zeichen hin ohnehin nicht kommen können. Aber dann weiß ich wenigstens, dass du in Gedanken bei mir bist, das wird mir Kraft geben.« Sein Blick war voller Zärtlichkeit.

Miranda nickte, während ihre Lippen schon wieder zitterten. »Ich werde den Ring … benutzen«, versprach sie. »Aber wie finde ich heraus, wann du an mich denkst?«

»Hol den Ring«, sagte Eusebius nur.

Miranda blickte kurz zu Elena, ging ins Nebenzimmer und kam mit der kleinen Schmuckschachtel zurück, in der sich der Ring befand. Eusebius nahm den Ring heraus und steckte ihn an Mirandas Finger. Dann berührte er mit dem Zeigefinger den roten Stein und konzentrierte sich. Als er den Zeigefinger wegnahm, leuchtete der Stein von innen heraus.

»So«, sagte Eusebius. »Jedes Mal, wenn ich an dich denke, beginnt der Stein zu glühen. Auf diese Weise merkst du, dass ich in Gedanken bei dir bin.«

Miranda lächelte.

## ~ Kapitel Nr. 2 ~

Wie romantisch! Elena seufzte leise.

»Nun muss ich gehen«, meinte Eusebius und umarmte Miranda ein letztes Mal. »Wünsch mir Glück und drück mir die Daumen, dass alles gut geht und ich bald wieder bei dir bin.«

Miranda versprach es und hielt Eusebius so fest, als wolle sie ihn nie mehr loslassen.

»Ich drück dir auch beide Daumen«, sagte Elena. »Alles Gute! Und pass auf dich auf.«

»Mach ich«, sagte Eusebius. Er küsste Miranda auf die Stirn, löste sich von ihr, nickte Elena zu, hob die Arme – und verschwand mit einem gedämpften Knall.

Miranda starrte auf die Stelle, an der er eben noch gestanden hatte. Dann warf sie sich auf Elenas Bett und fing an zu schluchzen.

Elena streichelte ihren Rücken. »Eusebius schafft das schon«, sagte sie und bemühte sich ihrer Stimme einen zuversichtlichen Klang zu geben. »Und er kommt bestimmt bald heil zurück.«

»Hoffentlich«, nuschelte Miranda in Elenas Kopfkissen. »Wenn ihm etwas passiert – ich weiß nicht, was ich dann tue!«

# Schwarzes Schwein verursacht Pein!

Zwei Tage später saß Elena nachmittags an ihrem Schreibtisch und versuchte eine Mathematikaufgabe zu lösen. Sie konnte sich schlecht konzentrieren. Immer wieder wanderten ihre Gedanken zu Eusebius. Obwohl sie sich Miranda gegenüber kaum etwas anmerken ließ, machte sie sich schreckliche Sorgen um den jungen Hexer. Mafaldus Horus war der gefährlichste Magier, den man sich vorstellen konnte. Elena überlegte, ob sich Eusebius gut genug verstellen konnte. Falls Mafaldus herausfand, dass Eusebius auf der Gegenseite stand, würden Elena und Miranda den jungen Hexer nie wiedersehen ...

Während Elena vor sich hin grübelte, ertönte ein lauter Knall. Dann hörte sie ein Klirren.

»Beim Orkus, wo kommt auf einmal dieses Biest her?«

Das war die hysterische Stimme von Großmutter Mona.

Elena sprang erschrocken von ihrem Schreibtischstuhl hoch und stürzte zur Tür. Auf dem Flur stieß sie mit Miranda zusammen, die ebenfalls auf dem Weg nach unten war.

Die beiden Mädchen blickten sich an.

»Irgendwas stimmt da nicht!«, stieß Miranda atemlos aus.

Elena nickte und folgte ihrer Freundin zur Treppe. Sie waren noch auf den obersten Stufen, als sie sahen, wie unter ihnen Mona durch die Eingangshalle rannte. Ihr violetter Rock wehte hinter ihr her. Großmutters Gesicht war grau

## - Kapitel Nr. 3 -

wie Asche. An der Wand endete ihre Flucht. Sie presste sich an die Garderobe, mit dem Rücken zur Wand. Ihre Augen waren weit aufgerissen. Sie hob den linken Arm, war aber offenbar unfähig einen Zauber auszusprechen. Elena bemerkte, wie Monas Hand schlotterte.

»Fa-fahr zur Hö-höll...«

Auf der anderen Seite der Halle erschien jetzt ein riesiger Keiler. Das schwarze Wildschwein kam aus dem Wohnzimmer. Seine gewaltigen gelben Hauer ringelten sich wie die Hörner eines Widders. Die roten Augen glühten. Sie waren auf Mona gerichtet und voller Hass.

»Ver-schwi-windibus ...«

Mona ächzte. Elena hatte ihre Großmutter noch nie so hilflos gesehen. Normalerweise hatte sie alles im Griff und konnte auch mit dem stärksten Zauber fertig werden. Aber diesmal versagte ihre große Zauberkunst.

Der Keiler stemmte die Vorderbeine auf den Boden und witterte. Dann nahm er Anlauf und Kurs auf Mona.

»Pass auf, Oma!«, schrie Elena in höchster Angst.

Mona presste sich nur noch fester an die Wand.

Elena überlegte, wie der Zauber ging, um ein Fallgitter erscheinen zu lassen. Sie und Miranda hatten erst vor kurzem ihr Hexendiplom abgelegt. Aber Elenas Kopf war vor lauter Panik wie leer gefegt.

*Eisenstangen fest und stark ...*

Als der Keiler durch die Eingangshalle stürmte, streckte Miranda die Hand aus und murmelte: »Schaumige Schmierseife schmeichelt dem Marmor!«

Auf dem glänzenden Marmorboden der Halle erschien ein weißlicher Belag. Der Keiler galoppierte direkt hinein, geriet ins Schleudern und rutschte zur Seite. Mirandas nächster

Zauber ließ die Haustür aufschwingen. Das große Wildschwein, völlig irritiert, stürmte zur Tür hinaus, jagte die Stufen hinunter und hetzte die Straße entlang.

In der Ferne quietschten Reifen, aber da fiel die Haustür bereits wieder ins Schloss und es herrschte Stille.

Bis auf Monas lautes Keuchen.

Die Großmutter fasste sich an die Kehle und blickte Miranda dankbar an.

»Gut gemacht«, sagte sie heiser. »Du bist wirklich eine begabte junge Hexe.«

»Danke«, sagte Miranda höflich. Sie errötete leicht.

Elena merkte erst jetzt, wie fest sie sich an das Treppengeländer geklammert hatte. Sie hatte schon viele merkwürdige Dinge erlebt, aber ein riesiges Wildschwein, das aus dem Wohnzimmer kam und Mona angreifen wollte, gehörte nicht zum normalen Hexenalltag.

»Was ... was hat das zu bedeuten?«, fragte Elena. »Wo kommt das Schwein her?«

»Das wüsste ich auch gern, das kannst du mir glauben«, antwortete Mona. Sie löste sich von der Wand.

Miranda und Elena wechselten einen stummen Blick. Hatte Mafaldus etwas damit zu tun? Hatte er ihnen etwa diesen Keiler als Botschaft geschickt, um ihnen zu verstehen zu geben, dass er Eusebius entlarvt hatte?

Miranda hob die Hand und küsste verstohlen den Stein an ihrem Ring. Schon eine Sekunde später begann der Stein zu leuchten. Miranda sah erleichtert aus.

»Ich glaube, es geht Eusebius gut«, flüsterte sie.

Auch Elena war froh. Wäre Eusebius in großer Not, hätte er bestimmt nicht so schnell geantwortet.

Die Mädchen gingen langsam die Treppe hinunter und

- Kapitel Nr. 3 -

blieben vor Mona stehen, in der Hoffnung, dass sie doch eine Erklärung für den seltsamen Vorfall liefern konnte. Aber Mona lächelte Elena und Miranda nur etwas verwirrt an.

»Wie ist das Wildschwein denn ins Haus gekommen?«, fragte Miranda.

»Es ist aus dem Kamin herausgesprungen«, erzählte Mona. »Ich saß auf der Couch und hatte gerade den Fernseher eingeschaltet, weil ich eine Kochsendung sehen wollte.«

»Oh.« Elena war überrascht. Dass Oma Mona Kochsendungen anguckte, war neu. Noch vor einiger Zeit hatte sie behauptet, dass sie so einen menschlichen Schnickschnack nicht brauchte.

»Das Schwein kam aus dem Kamin?«, hakte Miranda nach.

»Sag ich doch«, erwiderte Mona. »Es blieb im Wohnzimmer stehen und glotzte mich mit seinen unheimlichen Augen an. Mir blieb nur die Flucht!«

»Dann stammt das Schwein aus der Hexenwelt«, stellte Elena fest.

»Na ja, sicher«, sagte Mona und verzog ihre Lippen zu einem dünnen Lächeln. »Da hat uns jemand einen lieben Gruß geschickt.«

Miranda runzelte die Stirn. »Und wer?«

»Kann ich hellsehen?«, regte sich Mona auf. »Es ist ja nicht einmal klar, für wen das Wildschwein bestimmt war. Ich war nur zufällig diejenige, die ihm zuerst begegnet ist.«

»Aber es hat dich gejagt«, meinte Elena.

»Ich schwöre, Schätzchen, das Biest hätte dich genauso gejagt, wenn du auf der Couch im Wohnzimmer gesessen hättest«, erwiderte Mona. »Bitte redet mir nicht ein, dass das Wildschwein meinetwegen hergekommen ist. Es kann genauso gut wegen Jolanda gekommen sein … oder vielleicht auch wegen Daphne …«

Elena konnte sich nicht vorstellen, dass sich jemand an ihrer Mutter rächen wollte. Jolanda Bredov war eine friedfertige Person mit großem Harmoniebedürfnis. Sie war verständnisvoll und nachgiebig – und die Einzige, mit der sie sich regelmäßig stritt, war ihre Mutter Mona. Mona war genau das Gegenteil von Jolanda: herrschsüchtig, angriffslustig und maßlos von sich selbst überzeugt.

»Vielleicht hat Gregor uns das Wildschwein auf den Hals gehetzt?«, überlegte Miranda laut.

Gregor war der Hexenfreund von Daphne, Elenas älterer Schwester. Mona fand, dass Gregor absolut kein Umgang für Daphne war, aber Daphne pfiff auf Monas Meinung. Wenn sie verliebt war, ließ sie sich sowieso nichts sagen. Allerdings flogen zwischen ihr und Gregor häufig die Fetzen. Sie hatten schon einige Male Schluss miteinander gemacht, aber dann hatte die Sehnsucht Daphne wieder überwältigt und sie hatte sich mit Gregor versöhnt. Elena war nicht informiert, wie es im Moment mit den beiden stand. Da sich der Zustand so häufig änderte, interessierte es sie nicht besonders.

»Es kann gut sein, dass das Wildschwein von Gregor stammt«, stimmte Elena Miranda bei. »Das würde zu ihm passen.«

Gregor hielt sich nicht an die Hexenregeln, er war wild und unberechenbar, machte manchmal illegale Sachen und hatte angeblich sogar Kontakte zu Vampiren und Werwölfen. Elena konnte sich gut vorstellen, dass er Daphne ein Wildschwein auf den Hals hetzte, weil sie sich wieder mal wegen irgendetwas gestritten hatten.

»Ich werde mir Daphne vorknöpfen«, kündigte Mona an. »Wann kommt sie denn nach Hause?«

Miranda und Elena zuckten die Schultern. Über Daphnes Stundenplan waren sie nicht informiert. Sie hatte oft Nachmittagsunterricht und traf sich danach noch häufig mit Freunden.

»Und was ist jetzt mit dem Wildschwein?« Elena machte sich Sorgen. Es war kein gutes Zeichen, wenn ein Wildschwein aus der Hexenwelt plötzlich in der Menschenwelt sein Unwesen trieb. »Man muss es doch wieder einfangen und in die Hexenwelt zurückschicken …«

»Ach was.« Mona winkte ab. »Wildschweine gibt es auch bei den Menschen. Das Biest läuft wahrscheinlich geradewegs in den Wald und sucht sich dort eine Freundin.«

»Ja, und dann haben die Wildschweine hier neuerdings glühende Augen!«, warf Miranda ein.

Elena wusste, dass Monas Sorglosigkeit Miranda genauso auf die Nerven ging wie ihr. Der Hexilbeauftragte, der sie betreute, hatte ihnen eingeschärft, so wenig wie möglich aufzufallen, damit die Menschen keinen Verdacht schöpften. Aber wenn nun plötzlich Wildschweine mit glühenden Augen auftauchten, würde man sicher Nachforschungen anstellen.

»Ach Kindchen, ihr habt Sorgen«, spielte Mona Elenas und Mirandas Bedenken herunter. »Ich finde, wir sollten uns von diesem Schweinchen nicht allzu sehr durcheinanderbringen lassen. Wahrscheinlich war alles nur ein dummer Scherz!«

SCHWEINCHEN! Elena blies empört die Backen auf. Wenn Miranda nicht so geistesgegenwärtig gezaubert hätte, hätte die Sache für Mona schlimm ausgehen können. Die mächtigen Zähne des Keilers hatten sehr gefährlich ausgesehen und konnten bestimmt mehr anrichten, als nur oberflächlich die Haut zu ritzen …

Miranda warf Elena einen vielsagenden Blick zu. *Zwecklos mit Mona darüber zu diskutieren!*

Elena nickte unmerklich. Miranda hatte Recht, das besprachen sie lieber unter vier Augen!

»Wer von euch Süßen hat denn Appetit auf Apfelkuchen?«, säuselte Mona. »Es steht ganz leckerer Kuchen in der Küche. Er ist noch warm. Ich muss ihn nur noch mit Puderzucker bestäuben …«

»Gehext oder gebacken?«, fragte Elena gleich.

»Ach Schätzchen, du weißt doch, dass ich mit dem Backofen der Menschen noch immer auf Kriegsfuß stehe – ganz im Gegensatz zu deiner Mutter …« Mona lächelte.

Jolanda war immer wieder fasziniert, wie perfekt die Technik der Menschen manchmal die Magie nachahmte.

Gegen Monas gehexten Apfelkuchen war grundsätzlich nichts einzuwenden. Mona sah nicht danach aus, als hätte sie heute einen ihrer gemeinen Tage, an denen sie den Mädchen Kakao servierte, der dann so bitter schmeckte, dass es ihnen die Kehle zusammenzog. Elena und Miranda stürzten in die Küche. Nach dem Schreck mit dem Wildschwein hatten sie etwas Süßes verdient!

Mona kam nach, schnippte mit den Fingern und schon rieselte aus der Luft, langsam wie Schnee, Puderzucker auf den runden Apfelkuchen, der mitten auf dem Tisch stand. Dazu erklang leises, liebliches Glöckchengeläut …

Elena, die schon ein Kuchenmesser aus der Schublade geholt hatte, zog die Brauen misstrauisch zusammen. Mona übertrieb es! Friede, Freude, Apfelkuchen – sie wollte mit dem Kuchen doch nur von dem Vorfall mit dem Wildschwein ablenken. Elena spürte einen Klumpen im Magen. Sie war sicher, dass dahinter mehr steckte als nur ein dummer Scherz – und dass Oma Mona das ganz genau wusste! Vielleicht hatte sie sogar eine Vermutung, wer der geheimnisvolle Absender war, und wollte es nur nicht sagen.

»Jetzt gib schon her!« Miranda nahm Elena das Messer aus der Hand und teilte den Kuchen in große Stücke. Köstlicher Duft stieg auf und Elena lief das Wasser im Mund zusammen. Wenige Sekunden später saßen die beiden Mädchen am Tisch und stopften den Kuchen in sich hinein. Er schmeckte so unwiderstehlich, dass es ein Verbrechen gewesen wäre, sich während des Essens Sorgen zu machen. Elena nahm sich vor, sich in Zukunft mit dem Buch *Zauberisches Backvergnügen* zu beschäftigen, das zwischen den menschlichen Koch- und Backbüchern in einem der Küchenregale stand.

Mona setzte sich zu ihnen, knabberte selbst an einer Kuchenecke und sah sehr zufrieden aus.

### Zauberkuchen und andere Leckereien

Hexenkuchen gibt es in vielen Geschmacksrichtungen, die keine Wünsche mehr offenlassen. Darüber hinaus kann in den Teig ein Zauber eingebacken werden, der das persönliche Wohlbefinden steigert. Sehr beliebt sind die *Sorglos-Plätzchen*, die bewirken, dass die Sorgen, mit denen man sich zurzeit herumquält, einem das Leben nicht mehr schwer machen. Daneben gibt es auch den *Gute-Laune-Streuselkuchen*, der dafür sorgt, dass die Stimmung steigt. Der *Wohlfühl-Auflauf* bewirkt ein gutes Körpergefühl, vergleichbar mit einem Bad in der Wanne mit anschließender Massage. Sehr beliebt ist auch der *Schlafkuchen*, der für einen erholsamen Schlaf sorgt. Die Redewendung »Schlaf gut!« kommt ursprünglich von der Aufforderung »Iss gut, schlaf gut!«, natürlich nur auf den Schlafkuchen bezogen.

## ~ Kapitel Nr. 3 ~

Den ganzen Nachmittag über warteten Miranda, Elena und Mona auf Daphne. Doch diese trudelte erst ein, als die Familie Bredov schon zu Abend gegessen hatte. Jolanda saß im Wohnzimmer am Computer und tippte konzentriert einen Artikel über die zunehmende Zerstörung der Gärten durch Wildschweine. Es war ein Auftrag für die Zeitung. Jolanda Bredov arbeitete für den *Blankenfurter Kurier* und am Nachmittag hatte es in der Redaktion einen Anruf gegeben. Eine sehr verärgerte Frau hatte sich über ein riesiges Wildschwein beschwert, das am helllichten Nachmittag durch ihren Garten geflitzt war und dabei fast ihre Johannisbeersträucher umgepflügt hatte.

Jolanda schob die Lesebrille auf die Nasenspitze und starrte auf den Computerbildschirm. Sie hatte eben im Internet recherchiert und herausgefunden, dass Wildschweine hauptsächlich nachtaktiv waren.

»Merkwürdig«, murmelte sie und machte sich eine handschriftliche Notiz. »Na ja, die Klimaänderung bringt die armen Tiere wahrscheinlich völlig durcheinander.« Sie seufzte, schaltete in ihr Schreibprogramm zurück und tippte weiter an ihrem Artikel.

Elena und Miranda, die auf der Couch saßen und lasen, sahen kurz von ihren Büchern auf. Elena blätterte in dem Band *Zauberisches Backvergnügen*, während Miranda in die Geschichte von *Peter Pan* vertieft war. Miranda hegte eine große Leidenschaft für berühmte menschliche Kinder- und Jugendbücher und hatte, seit sie sich im HEXIL befanden, schon mindestens hundert Werke gelesen, darunter alle *Harry Potter*-Bücher und sämtliche *Pippi Langstrumpf*-Bände.

Bisher hatten weder Elena noch Miranda Jolanda etwas von dem nachmittäglichen Wildschweinabenteuer erzählt, und

## - Kapitel Nr. 3 -

auch Mona, die sonst über alles und jeden lästerte, war beim Abendessen ungewohnt schweigsam gewesen. Elena und Miranda wollten nicht wieder eine Diskussion zwischen Jolanda und Mona auslösen, die gut in Streit ausarten konnte.

Doch jetzt plagte Elena allmählich das schlechte Gewissen. *Normalerweise* hätte sie ihrer Mutter den Vorfall sofort erzählt, und dass sie es nicht getan hatte, konnte eigentlich nur eines bedeuten: Der verflixt leckere Apfelkuchen hatte es in sich gehabt! Wahrscheinlich hatte Oma Mona einen *Erzähl-nichts!*-Zauber hineingebacken oder sie hatte *Sorglos-Teig* verwendet … Elena blickte verstohlen zu Miranda, die aber wieder ganz in ihr Buch versunken war. Schließlich stieß Elena ihre Freundin mit dem Fuß an. Miranda blickte mit gerunzelter Stirn auf.

»Wir sollten es meiner Mutter besser sagen«, flüsterte Elena. »Wo sie doch gerade den Artikel über Wildschweine schreibt.«

Miranda schüttelte erst den Kopf, legte dann aber ihr Buch weg. »Du hast Recht«, wisperte sie. »Vielleicht war tatsächlich Monas Kuchen verhext, deiner Oma ist einiges zuzutrauen. Und ich wette, sie weiß mehr über das Wildschwein, als sie uns sagen will.« Beim letzten Satz war Miranda lauter geworden.

Jetzt drehte sich Jolanda um, weil sie sich angesprochen fühlte.

Elena räusperte sich. Sie beschloss gleich zur Sache zu kommen. »Heute Nachmittag war ein Wildschwein hier.«

»Wie bitte? Du meinst hier bei uns?« Jolanda war alarmiert und schockiert zugleich. »Dann ist es vielleicht dasselbe Tier, das die Zeitungsleserin gesehen hat. Ist es auch durch den Garten gelaufen?«

»Nein«, sagte Miranda. »Durchs Wohnzimmer. Und dann durch die Eingangshalle zur Haustür hinaus.«

»Durch unser Wohnzimmer?«, fragte Jolanda ungläubig.

»Ja.« Elena nickte. »Oma sagt, es ist aus dem Kamin gesprungen.«

»Und es hatte glühende Augen«, fügte Miranda hinzu.

»Beim Orkus!« Jolanda sah erschrocken aus. »Dann war es also kein gewöhnliches Wildschwein!«

»Nein«, kam es jetzt von der Tür. Mona war ins Zimmer getreten, ohne dass es jemand von den anderen bemerkt hatte. »Es war ein Gruß aus der Hexenwelt – und ich wette, dass wir das Biest Daphne zu verdanken haben. Es sieht mir ganz nach einem Scherz von diesem … äh … Dings, diesem unmöglichen Gregor aus!«

»Das kann ich aber nicht in meinem Artikel schreiben«, bemerkte Jolanda müde. Sie drehte sich auf dem Schreibtischstuhl herum und wandte sich wieder dem Bildschirm zu. »Tja, und nun? Habt ihr eine Idee, was ich jetzt schreiben soll? Mein Chef braucht den Artikel bis spätestens neun Uhr abends.« Ihre Stimme klang frustriert.

»Dann erfinde etwas, das wird doch nicht so schwer sein«, meinte Mona und ging zum Kamin, wo die Schachtel mit ihren heiß geliebten Zigarillos lag. »Die meisten Berichte in eurer Zeitung sind doch sowieso erfunden und erlogen.«

»Das stimmt nicht!«, protestierte Jolanda sofort. »Wir sind eine seriöse Zeitung!«

Mona zog nur die Augenbrauen hoch. »Na, du weißt ja, was ich von deiner Schreiberei halte. Reine Zeitverschwendung. Du füllst ein paar Quadratzentimeter der Zeitung mit Gewäsch, das keiner lesen will. Schade um die Druckerschwärze. In der Hexenwelt hast du wenigstens noch leidlich interessante Artikel verfasst, aber was du hier fabrizierst, ist wirklich unter aller ...«

»MUTTER!« Jolanda hatte ein hochrotes Gesicht bekommen. »Kannst du mich mit deiner Kritik nur einmal verschonen, bitte?! Mein Chef ist mit meiner Arbeit übrigens sehr zufrieden.«

»Ach was, was heißt das schon. Wahrscheinlich macht er dir nur Komplimente, damit du mal mit ihm ausgehst. Du weißt ja, wie Menschenmänner ticken ...« Mona grinste anzüglich.

Jolanda presste die Lippen zusammen, schüttelte den Kopf und konzentrierte sich wieder auf ihre Arbeit. Ihre Finger huschten flink über die Tasten.

Mona nahm einen Zigarillo aus der Schachtel, ging durchs Wohnzimmer und trat auf die Terrasse hinaus. Es war März und noch sehr kühl, aber das musste sie in Kauf nehmen. Wenn sie im Haus rauchte, machte Jolanda immer einen Riesenaufstand. Aber Mona tat es manchmal trotzdem.

Elena sah, wie ihre Großmutter mit einem Fingerschnippen ihren Zigarillo anzündete und den Rauch dann gierig einsog. Mona behauptete, ihre Zigarillos, die auf einer bestimmten Kräutermischung basierten, seien überhaupt nicht gesundheitsschädlich, aber Elena glaubte ihr nicht. Doch Mona ließ sich in dieser Hinsicht ohnehin nichts sagen, sie besaß einen unglaublichen Dickschädel. Jetzt blies sie den Rauch in die Luft. Er formte sich zu einem Wildschwein, trieb langsam über den Garten, nahm eine andere Form an, wurde kleiner und kleiner und sah zuletzt aus wie ein harmloses Lämmchen.

»Das ist typisch«, murmelte Miranda, die ebenfalls beobachtet hatte, wie sich Monas Rauchkunstwerk verwandelte. »Sie nimmt einfach nichts ernst. Ich wette, wenn mal richtige Gefahr droht, sieht sie das auch nicht oder tut so, als wäre nichts.«

»Genau.« Elena nickte.

Im selben Moment kam Daphne nach Hause. Die Mädchen hörten durch die nur angelehnte Terrassentür, wie draußen ein Moped röhrte. Kurz darauf schlenderte Daphne durch den Garten – und auf ihrem Gesicht lag ein Ausdruck größter Zufriedenheit. Das war eher selten bei ihr.

»Hallo Schätzchen«, wurde sie von Mona begrüßt. Ihre Stimme klang zuckersüß.

Sofort verschwand Daphnes zufriedener Ausdruck und ihre Miene wurde mürrisch.

»Hallo Oma«, antwortete sie. »Spionierst du mir wieder einmal nach?«

»Ich rauche, wie du siehst«, gab Mona ruhig zurück. »Sonst nichts. Aber gut, dass du kommst, denn uns beschäftigt schon seit einigen Stunden die Frage, ob dein verdammter Gregor uns vielleicht ein Wildschwein auf den Hals gehetzt hat.«

Daphne kniff irritiert die Augenbrauen zusammen. »Ein Wildschwein?«

»Ja, du hast ganz richtig gehört, ein riesiger Keiler mit gelben Hauern und glühend roten Augen«, sagte Mona. »Er wollte mich aufspießen, aber das ist ihm nicht gelungen. Sag deinem Gregor doch bitte, dass ich solche Scherze überhaupt nicht liebe.«

Daphne schob trotzig das Kinn vor. »Mit Gregor rede ich schon seit einer Woche nicht mehr – und beim Orkus, ich werde auch das ganze nächste Jahrhundert kein Wort mehr mit ihm wechseln, ich schwör's!«

»Ach Kindchen, das habe ich doch schon mal gehört«, sagte Mona ungerührt.

»Geht's dich was an, Oma?«, entgegnete Daphne schnippisch und wollte an ihr vorbei. Doch Mona hielt sie am Ärmel fest.

»Halt, mein Schatz, hiergeblieben! Wenn ihr euch gezankt habt, dann liegt es doch nahe, dass dir Gregor ein solches Biest in unser trautes Heim schickt.«

Daphne starrte Mona böse an. »Ein Wildschwein? Oh nein, Oma. Erstens würde Gregor so etwas nie tun, und zweitens würde er kein Wildschwein schicken, sondern gleich einen Werwolf. Und drittens ist es schade, dass dich das Wildschwein nicht erwischt hat, sonst bist du immer diejenige, die anderen eins auswischt!«

Mona war sprachlos und Daphne nutzte den Augenblick, um an ihr vorbeizuhuschen und ins Wohnzimmer zu schlüpfen.

»Hallo.« Sie warf Elena und Miranda nur einen flüchtigen Blick zu, umarmte dann kurz ihre Mutter Jolanda, die noch immer am Computer saß, und fragte: »Was gibt's denn zum Abendessen?«

»Wir haben leider schon ohne dich gegessen«, antwortete Jolanda. »Aber im Gefrierfach ist noch eine Pizza, die kannst du schnell in die Mikrowelle schieben.«

»Oder mit Fingerschnippen auftauen.« Daphne grinste, gab ihrer Mutter einen Schmatz auf die Wange und verschwand dann in der Küche. Jolanda sah ihr erstaunt nach.

»Daphne kann heute wohl nichts so schnell erschüttern, ungewöhnlich für sie ...«, bemerkte Jolanda nachdenklich.

»Ich finde, sie ist schlecht erzogen«, kam es von Mona, die eben wieder von der Terrasse ins Wohnzimmer trat. »Wie kann sie mir den Eber nur an den Hals wünschen.« Ihre Stimme bebte vor Zorn.

»Ach Mutter«, entgegnete Jolanda. »Daphne ist in der Hochpubertät, da darfst du sie sowieso nicht ernst nehmen. Das weißt du doch.«

Mona brummte nur etwas Unverständliches und ließ sich dann in einen Sessel fallen.

»Leon sollte einmal ein Machtwort reden«, verlangte sie. »Aber dein Mann ist ja nie da. Er drückt sich vor der Verantwortung seiner Familie gegenüber und überlässt dir die Erziehung. Und du bist damit ganz klar überfordert.«

Elena sah, wie Jolanda die Augen verdrehte. Sie beschloss ihrer Mutter zu Hilfe zu kommen und das Thema zu wechseln.

»Kommst du denn zurecht mit deinem Artikel? Ich könnte dir helfen und dir noch ein paar Infos über Wildschweine aus dem Internet raussuchen.«

»Danke, das ist sehr lieb von dir, aber das schaffe ich schon.« Jolanda lächelte. »Inzwischen weiß ich, wie das Internet funktioniert. Wie war das anfangs mühsam!«

Elena konnte das bestätigen. Als sie in die Menschenwelt gekommen waren, war ihnen alles ungeheuer kompliziert erschienen. Nele hatte Elena zwar geholfen, aber Elena erinnerte sich noch genau, wie sie einmal den Computer lahmgelegt hatte, als sie eine E-Mail mit Zauberkraft abschicken wollte. Technik und Magie vertrugen sich nicht sehr gut.

Miranda stieß Elena an. »Komm, wir gehen in die Küche, vielleicht ist noch ein Stück Apfelkuchen übrig. Jetzt weiß Jolanda ja über die Wildschweingeschichte Bescheid. Und wenn deine Oma tatsächlich *Sorglos-Teig* verwendet hat, habe ich auch nichts dagegen noch ein bisschen sorgloser zu werden.« Miranda grinste breit.

## - Kapitel Nr. 3 -

Elena nickte und folgte Miranda. In der Küche saß Daphne am Tisch. Sie hatte die Pizza natürlich mit einem kleinen Zauber aufgetaut und verdrückte sie jetzt mit großem Appetit. In ihren Augen war ein ungewöhnliches Leuchten.

Miranda holte den übrig gebliebenen Apfelkuchen aus dem Kühlschrank und teilte ihn zwischen Elena und sich. »Oder willst du auch ein Stück?«, fragte sie Daphne. »Er schmeckt himmlisch.«

Daphne schüttelte den Kopf, seufzte und schob ein Pizzastück in ihren Mund.

»Isch hab heut einen schüschen Typen kennengelernt«, nuschelte sie. »Isch glaub, misch hat's voll erwischt!«

Miranda und Elena wechselten einen Blick. Es kam sehr selten vor, dass Daphne davon erzählte, wenn sie frisch verliebt war. Meistens erfuhren es die anderen dadurch, dass ein fremder Junge plötzlich vor der Tür stand oder dass Daphne besonders starke *Amormagie* produzierte.

»Wer ist es denn?«, fragte Elena neugierig.

»Er ist neu an der Schule«, berichtete Daphne. »Er ist siebzehn und geht schon in die Zwölfte.«

Elena wurde es heiß. »Ist sein Name zufällig Arne?«

Daphne sah sie verwundert an. »Wow, ja, genau. Woher weißt du das? Hast du gerade meine Gedanken gelesen?« Ohne auf eine Antwort zu warten, redete sie weiter: »Ich hab noch nie so einen süßen Jungen kennengelernt wie ihn. Echt! In der zweiten Pause haben wir uns schon geküsst. Ich musste fast überhaupt nicht zaubern. Ich glaube, das ist diesmal die ganz große Liebe!«

Elena fühlte, wie Miranda unter dem Tisch gegen ihr Schienbein trat. Sie nickte unmerklich. Miranda und sie hatten den gleichen Gedanken: *Arme Nele!*

# Ein Zauberbuch in falschen Händen, die Sache kann nur böse enden!

Silkus Kordus war verzweifelt. Er machte sich heftige Vorwürfe, weil er nicht vorsichtiger gewesen war. Das gefährliche Buch, das ihm der fremde Besucher anvertraut hatte und das Silkus hatte vernichten wollen, befand sich jetzt in den Händen von diesem Valentin und seiner Freundin Felicitas!

Die Natur schien es zu bemerken, denn der Himmel hatte sich verdunkelt und nachtschwarze Wolken zogen herbei. Ein kalter Wind war aufgekommen, der Silkus ins Gesicht blies. Seine Augen begannen zu tränen. Er hätte die Tränen gerne mit seiner Hand weggewischt, aber er konnte sich nicht rühren. Felicitas hatte ihn mit einem Fesselzauber belegt. Silkus war am ganzen Körper wie gelähmt. Nur mit Mühe schaffte er es, den Kopf wenige Millimeter nach links oder nach rechts zu drehen. Sein Körper fühlte sich an, als sei er versteinert.

Seine Ohren aber funktionierten noch und so bekam Silkus alles mit, was der Zauberer Valentin und die Hexe Felicitas besprachen.

Die beiden machten sich nicht einmal die Mühe zu flüstern. Der Einzige, der mit gedämpfter Stimme sprach, war der dünne Jeremias, aber das kam wohl von der Erschöpfung. Vermutlich war er eine Ewigkeit in einen Felsen verwandelt gewesen.

»Ich hatte schon alle Hoffnung aufgegeben«, murmelte Jeremias. »Wie lange bin ich ein Felsen gewesen?«

Valentin überlegte kurz und antwortete dann: »Fast vierzig Jahre.«

»Vierzig!« Jeremias schnappte nach Luft. »Das ist ja noch länger, als ich gedacht hatte.« Seine Miene wurde traurig. »Ich hatte mich so darauf gefreut, mein Töchterchen wieder in den Armen zu halten ... Aber sie muss ja inzwischen eine erwachsene Frau sein.«

»Das ist wahrscheinlich«, erwiderte Felicitas. »Es wäre schon sehr ungewöhnlich, wenn ein Baby vierzig Jahre lang ein Baby bleibt.« Sie kicherte schrill.

Jeremias verzog das Gesicht. »Diese verlorene Zeit lässt sich nie wieder nachholen! Wie schade! Ich wollte so gern mit meiner kleinen Tochter spielen, ihr alles zeigen und ihr die Welt erklären ...« Er machte eine kurze Pause. »Ich habe nicht miterlebt, wie sie ihre ersten tollpatschigen Hexereien ausgeführt hat ... Ich war nicht einmal dabei, als sie das Hexendiplom abgelegt hat! Dabei ist das so ein wichtiger Tag für die jungen Hexen!«

»Hör auf zu jammern«, meinte Felicitas. »Vielleicht hast du gar nichts versäumt. Wenn deine Tochter nach deiner Frau kommt, dann ist sie ein ekelhaftes Biest – und hätte dir all die Jahre das Leben zur Hölle gemacht.«

»Das ist doch gar nicht gesagt«, widersprach Jeremias. »Meine Tochter ist bestimmt ganz anders als meine Frau, da bin ich sicher ...«

Felicitas verdrehte genervt die Augen. »Dir ist nicht mehr zu helfen, Jeremias. Anstatt zu klagen, solltest du froh sein,

## ~ Kapitel Nr. 4 ~

dass du endlich wieder deine normale Gestalt hast. Und deine schreckliche Ehefrau, die dir das angetan hat, wird büßen, das verspreche ich dir!«

Valentin lachte leise. »Einen kleinen bösen Gruß habe ich ihr schon geschickt. Sozusagen als Vorgeschmack auf unsere Rache!«

»Was hast du mit meiner Frau vor?«, fragte Jeremias und Silkus glaubte Zweifel und Misstrauen aus seiner Stimme herauszuhören.

»Sie hat eine gehörige Strafe verdient!«, behauptete Valentin. »Diese Frau hat dich schließlich in einen Felsen verzaubert. Was sie dir angetan hat, schreit nach Rache!«

Jeremias' Gedanken wanderten zurück zu dem Augenblick, als er seine Frau zum ersten Mal getroffen hatte. Er hatte an einem Seminar für Hexen und Zauberer teilgenommen. Das Thema hieß: *Ist es noch zeitgemäß, mit dem Hexenbesen zu fliegen?*

Das Seminar war gut besucht. Jeremias kam etwas zu spät. Der Vortragssaal war bereits voller Leute, es gab kaum noch freie Plätze. Jeremias hatte sich leise in die letzte Reihe geschlichen, um den Redner nicht zu stören. Eine junge Frau hatte ihm einen neugierigen Blick zugeworfen und war dann ein Stück beiseitegerückt, um ihm Platz zu machen. Jeremias setzte sich dankbar neben sie. Während des ausgesprochen langweiligen Vortrags schielte er immer wieder verstohlen zu seiner Nachbarin. Sie war bildhübsch und trug ein bezauberndes violettes Kleid. Außerdem benutzte sie ein Parfüm, das Jeremias fast den Verstand raubte. Ihr volles, langes Haar sah wundervoll aus, ihre ganze Erscheinung war einfach umwerfend.

In der Pause hatte er sich dann ein Herz gefasst und sie gefragt, ob er ihr etwas zu trinken bringen könne. Sie hatte ihn angestrahlt und ihr Lächeln war Jeremias durch und durch gegangen.

»Oh ja, das ist sehr nett von Ihnen! Wenn es Ihnen nichts ausmacht, hätte ich gern einen Fisch-Cocktail mit gerösteten Ameisen, aber bitte ohne Zitrone!«

»Äh ... einen Fisch-Cocktail ...«, wiederholte Jeremias stammelnd und verspürte einen Anflug von Übelkeit. Am Büfett gab es die unterschiedlichsten Getränke, weil auch Gäste aus dem Norden angereist waren, deren Geschmack manchmal sehr bizarr war.

»Also, ich bevorzuge ja einen normalen Drink, etwa Limonensaft mit Sahneflöckchen«, wagte Jeremias einzuwenden.

»Limonensaft? Sie haben Recht, das klingt eigentlich viel besser.« Sie lächelte ihn wieder an und Jeremias stellte fest, dass sie zwei entzückende Grübchen hatte. Und das Blitzen ihrer Augen – Wahnsinn! »Dann vergessen Sie bitte den Fisch-Cocktail und bringen mir dasselbe Getränk, das Sie auch trinken.«

Jeremias spurtete los und fühlte sich so beflügelt, dass er den Eindruck hatte, er werde gleich abheben und durch den Saal schweben. Er besorgte die Getränke und kehrte damit zu der wunderschönen Frau zurück. Sie stritt sich gerade mit einem älteren Zauberer.

»Niemand zwingt Sie dazu, mit einem Besen zu fliegen, wenn Sie es hinterher immer im Kreuz haben. Mir macht es jedenfalls Spaß und ich benutze Besen häufig für Kurzstrecken. Beispielsweise, um meine beste Freundin Felicitas zu besuchen«, sagte Mona gerade zu dem älteren Herren, dann drehte sie sich zu Jeremias um und nahm ihm dank-

## Hexenbesen – ja oder nein?

In regelmäßigen Abständen wird in Zauberkreisen darüber diskutiert, ob das Fliegen mit einem Besen noch zeitgemäß ist. Die Fortbewegungsmethode hat sich seit Jahrhunderten wenig geändert – außer, dass die Besen schneller geworden sind.

NACHTEILE:
* Der Stiel ist schmal und unbequem und erfordert einen guten Gleichgewichtssinn.
* Es gibt keinen Schutz vor Regen und Unwetter.
* Auf dem Besen ist man dem Blitzschlag ausgesetzt; außerdem fühlen sich manche Raubvögel bedrängt und greifen an.

VORTEILE:
* relativ preiswertes Fortbewegungsmittel, auch für den kleinen Geldbeutel geeignet
* platzsparende Aufbewahrung
* einfache Bedienung
* sehr umweltfreundlich, da aus Naturmaterial hergestellt

Obwohl die Nachteile überwiegen und die Unfallgefahr hoch ist, wollen die meisten Hexen und Zauberer nicht auf ihren Besen verzichten. Dies ist jedenfalls das Ergebnis einer aktuellen Umfrage, die unter 1785 Hexen und Zauberern durchgeführt wurde.

---

bar ein Glas ab. »Allerdings besuche ich sie jetzt nicht mehr. Wir sind nämlich zerstritten«, ergänzte sie an Jeremias gewandt.

»Zerstritten?«, fragte Jeremias neugierig. »Und warum?«

Ihre Augen flackerten. »Darüber möchte ich nicht reden.«

Jeremias nickte. »Verstehe.« Sie hatte sicher ihre Gründe, nicht darüber sprechen zu wollen, das akzeptierte Jeremias.

»Wie halten Sie es denn mit dem Besenfliegen?«, fragte ihn der ältere Zauberer.

»Mir macht Fliegen nichts aus, vorausgesetzt, ich habe

einen anständigen Besen«, antwortete Jeremias. »Im Moment wird der Markt ja mit allerlei Billigprodukten überschwemmt. Die fliegen anfangs ganz flott und man denkt wirklich, man hätte ein Schnäppchen gemacht. Aber nach zehn oder zwanzig Flugmeilen wird so ein Besen dann lahm wie eine Ente und man bewegt sich kaum noch vom Fleck.«

»Genau«, stimmte die Hexe ihm bei. Sie lächelten einander an. Der ältere Zauberer grummelte etwas Unverständliches und entfernte sich dann.

»Ich bin übrigens Mona Bredov«, stellte sich die Frau vor.

»Ich heiße Jeremias Cascadan«, erwiderte er und stieß mit seinem Glas gegen Monas. Es klirrte.

»Cascadan?«, wiederholte Mona.

Jeremias nickte. »So ist es.«

Mona hatte einen Moment die Stirn gerunzelt. »Sind Sie zufällig mit Valentin Cascadan verwandt?«

»Er ist mein Bruder, wieso? Kennen Sie ihn?«

Mona zögerte und wich seinem Blick aus. »Flüchtig. Ich habe ihn mal irgendwann getroffen, auf einer Fortbildung oder so.« Sie trank hastig ihr Glas Limonensaft aus und bat Jeremias ihr ein zweites Glas zu bringen. Was er natürlich tat.

Er war von ihr so fasziniert wie noch nie von einer Frau. Und ehe der Abend zu Ende ging, war ihm klar, dass er sich unsterblich in diese Frau verliebt hatte ...

Zwei Wochen lang machte Jeremias Mona den Hof. Er ließ sich raffinierte Zaubereien einfallen, um sie zu überraschen. Er schickte ihr täglich ein Geschenk und überschüttete sie mit Komplimenten. Er lud sie zum Tanz unter dem Krähenbaum ein, obwohl er solche Vergnügungen eigentlich nicht besonders mochte. Aber Mona nahm die Einladung an. Als

## Der Krähenbaum

Ein Krähenbaum hat in der Hexenwelt eine ähnliche Bedeutung wie früher die Linde in der Menschenwelt. Er ist ein beliebter Treffpunkt für Verliebte.

Der Krähenbaum ist in der Regel ein abgestorbener oder zumindest fast blattloser Baum, der von Krähen und anderen Rabenvögeln aufgesucht wird. Am Verhalten der Vögel lässt sich vorhersagen, wie sich die Liebe zwischen einem Paar entwickeln wird – so sagt man wenigstens.

Ein schlechtes Vorzeichen ist es, wenn sich das Paar unter dem Baum küsst und alle Krähen im selben Augenblick wegfliegen.

Als gutes Zeichen wird es angesehen, wenn sich die Vögel von den Liebenden überhaupt nicht stören lassen. Ein wohlwollendes Krächzen bedeutet, dass es bald zur Hochzeit kommt. Fällt eine schwarze Feder herunter, so kann dies ein Zeichen für ewige Liebe sein. Ist die Feder aber ausgefranst, so gilt das Zeichen als Warnung. Man sollte lieber auf der Hut sein.

Aber oft sind Verliebte blind und deuten die Vorzeichen so, wie sie es sich gerade wünschen.

---

sie sich um Mitternacht unter dem Krähenbaum küssten, fiel eine schwarze Feder herunter und verfing sich in Monas wunderbarem Haar. Jeremias pflückte die Feder heraus.

»Das ist ein Zeichen ...«

Mona nahm ihm die Feder ab und steckte sie in ein Knopfloch. »Oh ja. Ein SEHR gutes Zeichen, wie ich finde. Wir sind offenbar füreinander bestimmt.«

Jeremias glaubte seinen Ohren nicht zu trauen. Doch Mona meinte ernst, was sie gesagt hatte. Einige Wochen später verlobten sie sich und legten den Termin für die Hochzeit fest. Jeremias konnte sein Glück kaum fassen. Diese außergewöhnliche Frau wollte ihn tatsächlich heiraten!

Die Hochzeit fand statt. Mona wünschte sich ein Fest im allerengsten Kreis. Jeremias hätte gerne seinen Bruder ein-

## ~ Kapitel Nr. 4 ~

geladen, aber er fügte sich den Wünschen seiner Braut, die niemanden dabeihaben wollte. Sie heirateten ganz abenteuerlich auf einem Gipfel im Schwefelgebirge – und außer Braut und Bräutigam war nur noch der Zauberer anwesend, der sie traute.

Die vierzehntägige Hochzeitsreise führte sie in den Norden, in eine eisige Seen- und Berglandschaft. Jeremias fror so sehr wie noch nie in seinem Leben, aber Mona war offenbar glücklich. Ihr konnte es nicht kalt genug sein. Nachts, wenn die Temperaturen weit unter null Grad fielen, kuschelten sie sich in einem kleinen Zelt aneinander, das von einem Heizzauber notdürftig erwärmt wurde.

Kurz nach der Hochzeitsreise teilte Mona Jeremias mit, dass sie schwanger sei und ein Kind erwarte. Jeremias freute sich riesig, obwohl Mona ihn wenig später aus dem gemeinsamen Schlafzimmer ausquartierte. Als Grund dafür gab sie Schwangerschaftsbeschwerden an. Jeremias schlief auf dem Sofa im Wohnzimmer oder – in eine Eule verwandelt – auf dem Apfelbaum im Garten oder auf dem zugigen Dachboden. Es machte ihm nichts aus. Er war so gespannt auf das Baby und konnte den Augenblick kaum erwarten, wenn er das winzige Bündel zum ersten Mal im Arm halten würde.

Das Baby kam in einer stürmischen Nacht im Mai zur Welt. Es blitzte und donnerte heftig und eine Viertelstunde lang fiel sogar Schnee vom Himmel. Die Geburt dauerte nur eine Stunde und Mona brachte das Baby fast ohne fremde Hilfe zur Welt. Es war ein Mädchen. Als der überglückliche Vater seine winzige Tochter in den Arm nehmen wollte, fauchte Mona vom Bett aus:

»Das ist MEIN Kind!«

*Na ja, meines ja auch*, hatte Jeremias sagen wollen, aber

er traute sich nicht, sondern legte das Baby rasch an Monas Brust zurück.

Mona drückte ihre kleine Tochter fest an sich. »Sie soll Jolanda heißen«, murmelte sie. Auf ihr Gesicht trat ein seliger Ausdruck.

Jeremias betrachtete zufrieden die kleine Familienidylle. In diesem Moment glaubte er, dass sein Glück vollkommen sei – aber da irrte er sich gewaltig.

Bereits wenige Tage später wurde Mona sehr ungeduldig und drängte Jeremias dazu, mit ihr eine Reise in die Schwefelberge zu machen – an den Ort, wo sie geheiratet hatten.

»Eine so weite Reise? Mit dem kleinen Baby?«, meldete Jeremias seine Zweifel an. Er war von Monas Vorschlag alles andere als begeistert. »Das ist doch viel zu anstrengend! Lass uns die Reise auf später verschieben, das ist vernünftiger.«

»Ich verschiebe diese Reise auf gar keinen Fall!«, antwortete Mona und ihre Augen blitzten voller Zorn. »Entweder begleitest du mich – oder ...«

»Oder was?«, fragte Jeremias, während ihm ein Schauder über den Rücken lief. Er hatte seine Frau noch nie so wütend erlebt.

»Oder ich verlasse dich auf der Stelle«, sagte Mona mit eiskalter Stimme. »Und meine Tochter Jolanda nehme ich mit. Ich schwöre dir, du wirst sie nicht wiedersehen!«

Angesichts dieser schrecklichen Drohung hatte Jeremias nachgegeben und war mit der Reise einverstanden. Möglicherweise würde sich dann klären, weshalb Mona plötzlich so unerbittlich hart gegen ihn war.

Am nächsten Tag brachen sie auf. Doch unterwegs ging der Streit weiter. Mona hatte ständig etwas auszusetzen. Als sie endlich die Schwefelberge erreichten, war Jeremias mit seinen Nerven am Ende. Verzweifelt fragte er sich, warum seine Frau zu so einem Scheusal geworden war. Er wusste nicht, was er machen sollte. Er liebte sie doch!

Sie erreichten die Stelle, an der sie geheiratet hatten. Das Baby schrie und schrie und war durch nichts zu beruhigen.

Die Gegend erschien Jeremias noch öder als beim ersten Mal. Er fragte sich, warum Mona unbedingt an diesen Platz gewollt hatte. Hier gab es doch wirklich nichts zu sehen. Und der Gestank nach Schwefel raubte einem den Atem. Vielleicht brüllte Jolanda deswegen so laut!

»So, jetzt sind wir am Ziel«, sagte Jeremias zu Mona. »Und nun? Wollen wir hier ein Picknick machen, oder was?«

Mona nahm ihm das kreischende Baby ab, das er die letzten Kilometer getragen hatte.

»Kein Picknick«, sagte sie. »Aber dafür gibt es heute Abend ein Festessen. Allerdings ohne dich.«

»Ohne mich?«, fragte Jeremias nach. »Was soll das heißen?«

»Das wirst du gleich sehen.« Mona zog ihren Zauberstab unter ihrem weiten Rock hervor. Jeremias hatte gar nicht gewusst, dass sie ihn mitgenommen hatte. Jetzt schwante ihm Böses, als sie den Zauberstab auf ihn richtete.

»Aber Mona ... was soll das? Bitte sei vorsichtig mit dem Ding!« Er lachte nervös. »Du könntest mich aus Versehen verhexen!«

»Nein, nicht aus Versehen, mein Lieber«, hatte Mona gesagt. »Das geschieht mit voller Absicht!« Sie murmelte einen Zauberspruch und ein greller blauer Blitz schoss auf Jeremias zu. Das war das Letzte, woran er sich genau erinnern konnte. Die anderen Erinnerungen waren verschwommen. Es war ihm kalt geworden, bitterkalt. Er hatte sich nicht mehr bewegen können, sondern war erstarrt. Gleichzeitig erlahmten seine Gedanken und vor seinen Augen wurde es grau. Er hatte den Geruch nach Erde und Schwefel in der Nase ... und so war es die ganze Zeit geblieben, während hoch über ihm die Wolken hinwegzogen. Manchmal regnete es oder es wehte ein stürmischer Wind, der versuchte Jeremias umzublasen. Doch dieser hielt ihm stand wie ein Fels. Kein Wunder, Jeremias war zu einem Felsen geworden ...

Und er verbrachte Jahre an diesem Ort, Jahrzehnte – bis zu dem Moment, in dem Valentin und Felicitas erschienen waren, um ihn zurückzuverwandeln.

Jeremias musste sich erst wieder daran gewöhnen, dass er Arme und Beine hatte und wie man sie benutzte. In der Zeit als Fels hatte er vieles vergessen, aber langsam kehrten einzelne Bilder zurück ... das kleine Baby, Monas wütendes Gesicht ... Jeremias spürte einen schmerzhaften Stich in der Brust. Wieder glaubte er Monas Worte zu hören:

»Das geschieht mit voller Absicht!«

»Wie konnte sie mir nur so etwas antun?« Jeremias schüttelte immer wieder den Kopf. »Ich verstehe es heute noch immer nicht. Ich habe ihr doch nichts getan, im Gegenteil. Ich habe immer versucht ihr jeden Wunsch zu erfüllen.«

»Am besten, du stellst Mona zur Rede«, schlug Valentin vor. »Aber vorher schicken wir ihr noch einen zweiten Gruß. Dieses Zauberbuch hier bietet hervorragende Anregungen!«

Jeremias blickte unsicher auf den fremden Zauberer, den Valentin und Felicitas mit einem Fesselzauber belegt hatten. »Und was soll mit diesem Mann geschehen? Es genügt doch schon, dass ihr ihm das Buch weggenommen habt. Lasst ihn frei!«

~ Kapitel Nr. 4 ~

»Auf keinen Fall!«, sagte Valentin. »Jemand, der so ein Buch besitzt, ist gefährlich. Wer weiß, was er im Schilde führt, mit diesem Buch im Rucksack, tief in den Schwefelbergen, das ist sehr verdächtig. Und er hat Dinge gesehen, die er nicht sehen sollte.«

Felicitas nickte heftig. »Wir können keinen Zeugen gebrauchen.«

»Mach dir seinetwegen keine Gedanken, Jeremias«, antwortete Valentin. »Es ist sein Pech, dass er zur falschen Zeit am falschen Ort aufgetaucht ist.«

»Und deswegen wird er einige Zeit eingeschlossen in einer Höhle verbringen«, ergänzte Felicitas. Sie deutete mit beiden Armen auf den gefesselten Zauberer und rief:

*»Du hieltst dir nicht die Augen zu,
du spitztest noch die Ohren!
Drum schlaf fortan in dunkler Ruh,
sei für die Welt verloren!«*

Jeremias sah, wie sich hinter dem Mann ein Felsen öffnete. Eine unsichtbare Kraft zog ihn ins Innere einer Höhle. Dann wurde der Höhleneingang kleiner und kleiner, bis davon nur noch ein unscheinbares Loch übrig blieb, kaum größer als ein Fuchsbau.

Jeremias starrte auf die Öffnung und schluckte heftig. Auch wenn Valentin Recht hatte – der fremde Zauberer tat ihm leid.

Valentin schien seine Gedanken zu erraten. »Konzentriere dich lieber darauf, wie du dich an Mona rächen kannst«, forderte er seinen Bruder auf. »Der Zauberer ist in der Höhle gut aufgehoben.«

# Ängste wachsen oft ins Gigantische — ganz ohne Zauberei!

Elena saß an ihrem Schreibtisch. Anstatt Hausaufgaben zu machen, blickte sie versonnen aus dem Fenster. Draußen dämmerte es bereits, aber noch immer war der blühende Magnolienbaum zu erkennen. Elena liebte diesen Baum. Sie fand seinen Duft wunderbar. Schade, dass die Blüte nur so kurze Zeit dauerte. Der blühende Baum war eine solche Pracht! Aber wahrscheinlich war es morgen oder übermorgen schon damit vorbei.

Elena überlegte, ob sie mit ihren Hexenkünsten eingreifen sollte. Es war bestimmt kein schwieriger Zauber, den Baum so zu verhexen, dass sich die Blüten wochenlang hielten. Sie kreuzte die Finger und konzentrierte sich. Doch noch bevor sie einen Zauberspruch gemurmelt hatte, gab es einen lauten Knall. Der Magnolienbaum ging vor Elenas Augen in Flammen auf!

Elena sprang hektisch von ihrem Stuhl hoch. Sie hörte, wie im Nebenzimmer die Balkontür aufgerissen wurde und Miranda hinausstürzte. Zwei Sekunden später war Elena an ihrer Seite. Die beiden Mädchen lehnten an der Balkonbrüstung und starrten fassungslos auf den brennenden Baum.

- Kapitel Nr. 5 -

Die Blüten zerstoben in einem Funkenregen, leuchtender als Wunderkerzen.

»Ich habe nichts gemacht!«, sagte Elena.

»Ich war es auch nicht!«, erwiderte Miranda.

Unter ihnen ging die Tür auf und jemand trat auf die Terrasse.

»Beim Orkus, jetzt reicht es wirklich!«, hörten die Mädchen die empörte Stimme von Mona. »Der schöne Baum! *Pluvia!*«

Ein plötzlicher Regenschauer prasselte auf den Magnolienbaum nieder. Aber nur auf ihn. Der restliche Garten blieb trocken. Dann war der kurze Schauer vorbei.

Die Blüten des Magnolienbaums lagen schwarz und verkohlt auf dem Boden – ein trauriger Anblick.

Mona schaute hoch und entdeckte die Mädchen auf dem Balkon. »Wer von euch war das?«

»Keine«, riefen Elena und Miranda wie aus einem Mund.

»Aber der Baum geht doch nicht von allein in Flammen auf«, behauptete Mona. »Da muss irgendwer nachgeholfen haben.«

»Wir waren es jedenfalls nicht«, sagte Elena.

»In Dreiteufelsnamen, das wird mir langsam zu bunt!«, fauchte Mona, kehrte ins Haus zurück und schmetterte die Terrassentür hinter sich zu. Die Mädchen hörten Elenas Großmutter im Erdgeschoss laut schimpfen.

»Wer kann das nur gewesen sein?«, murmelte Elena. »Wer ist so gemein und zündet unseren schönen Baum an?«

»Bestimmt derjenige, der uns vor ein paar Tagen dieses Wildschwein geschickt hat«, erwiderte Miranda und presste die Lippen zusammen.

Elena blickte betrübt in den Garten hinunter. Sie hatte den

blühenden Magnolienbaum so schön gefunden! Und nun sah er so armselig aus.

»Sollen wir nicht versuchen, ob wir den Baum wieder zum Blühen bringen?«, schlug sie zaghaft vor.

Miranda schüttelte den Kopf. »Ich glaube nicht, dass das eine gute Idee ist«, antwortete sie leise. »Und ich weiß auch nicht, ob wir das hinkriegen würden. Der brennende Baum – das war eindeutig schwarze Magie! Und ein Rest davon steckt garantiert noch im Stamm. Wahrscheinlich wäre es das Beste, den Baum auszugraben und an der Stelle einen neuen zu pflanzen. Aber darum kümmert sich am besten deine Oma. Die hat ja den grünen Daumen ...«

Das stimmte. Mona besaß ein glückliches Händchen für alle Pflanzen. Blumen und Bäume, ja sogar das Gras – alle schienen Mona zu lieben. Sie wuchsen und gediehen in ihrer Gegenwart prächtig. Elena hatte diese Eigenschaft offenbar von Mona geerbt. Auch sie hatte einen guten Draht zu den Pflanzen, das merkte sie in der letzten Zeit immer mehr.

»Das mit dem Baum ist unheimlich«, gestand Elena. »Wenn es wirklich schwarze Magie ist ... wer weiß, was dann noch alles passiert! Ich fürchte mich, Miranda.«

Miranda nickte. »Ich auch. Irgendjemand hat es auf uns abgesehen. Er will uns Angst einjagen.« Sie machte ein nachdenkliches Gesicht. »Glaubst du, wir haben Feinde?«

»In der Hexenwelt hatten wir zuletzt jede Menge Feinde.« Elena erinnerte sich an die schreckliche Zeit, bevor ihre Familie ins HEXIL gegangen war. Nach Leons Verurteilung durch die Zauberrichter hatten sich fast alle Freunde von den Bredovs zurückgezogen. Die Familie war verarmt und hatte in einer sehr schlechten Wohngegend leben müssen, dem *Outsider-Hill*. Dort hatte es achtzehn Stunden am Tag geregnet. Elena dachte daran, wie furchtbar es in der Schule gewesen war. Jeder Tag war zur Qual geworden. Elena hatte sehr unter ihren Mitschülern leiden müssen. Aber zum Glück war diese schlimme Zeit jetzt vorbei und würde hoffentlich nie wiederkommen!

»Es muss jemand aus der Hexenwelt sein, der uns das Wildschwein geschickt hat«, überlegte Miranda laut. »Und auch bei dem Magnolienbaum wurde Magie angewandt. Der Täter ist also kein Mensch ... Er muss zaubern können.«

»Er kann trotzdem in der Menschenwelt leben«, gab Elena zu bedenken. »Auch hier gibt es einige wenige Zauberer, die unerkannt unter uns leben. Wir sind nicht die einzigen.«

»Hm«, machte Miranda und runzelte die Stirn. »Die Frage ist: Wer hasst uns so sehr, dass er uns dermaßen in Angst versetzt? Und vor allem warum?«

Die Mädchen kehrten in Elenas Zimmer zurück und setzten sich auf den Bettrand. Das war ihr Lieblingsplatz, wenn es galt, Probleme zu lösen.

Elena stützte das Kinn auf die Hand. Daphne hatte zwar geschworen, dass Gregor nichts damit zu tun hatte, aber so ganz auszuschließen war die Sache nicht. Natürlich konnten sich die Anschläge auch gegen Leon Bredov richten, denn inzwischen wussten einige Leute, dass er als Geheimagent arbeitete.

»Deine Oma hat bestimmt auch Feinde«, unterbrach Miranda Elenas Gedankengänge. »So, wie sie sich immer benimmt. Es gibt garantiert etliche Hexen, die sie hassen.«

Elena nickte langsam. »Kann sein.«

»Ich glaube nicht, dass sich die Angriffe gegen dich oder deine Mutter richten«, redete Miranda weiter. »Deine Mutter tut niemandem etwas zuleide, sie ist eine ausgesprochen nette Hexe. Wer also könnte etwas gegen sie haben? Und du hast bestimmt auch keine Feinde, Elena.«

»In meiner alten Klasse in der Hexenwelt gab es eine Menge Mädchen und Jungs, die mich nicht leiden konnten«, widersprach Elena. Sie seufzte. »Das war, nachdem man Papa verurteilt hat.«

Miranda schüttelte den Kopf. »Ich glaube nicht, dass jemand aus unserer ehemaligen Klasse etwas damit zu tun hat. Die sind ja nicht älter als wir – und wir haben gerade erst unser Hexendiplom bestanden. Die können bestimmt nicht besser zaubern als wir und es ist unmöglich für sie, uns von der Hexenwelt aus solche Drohungen zu schicken. So mächtig sind unsere ehemaligen Mitschüler auf gar keinen Fall, glaub mir, Elena!«

Mirandas Argumente waren sicher richtig. Elena konnte sich auch nicht vorstellen, dass jemand aus ihrer alten Klasse schon gelernt hatte, wie man die Grenze zwischen der Hexen- und der Menschenwelt überwand. Das war eine sehr starke Barriere, die einen großen Schutz bot. Wer die Grenze mit Zauberkraft passieren konnte, der musste in der Kunst der Zauberei schon ziemlich fortgeschritten sein! Entweder war es ein genialer Zauberer, der sehr lange an der *Magischen Universität* studiert hatte – oder es war jemand, der unlautere Mittel benutzte. Letzteres würde wieder für Gregor sprechen, der keine Skrupel hatte, illegale Methoden anzuwenden. Er besaß auch die nötigen Verbindungen und wusste, wie man sich manche Dinge beschaffen konnte ...

- Kapitel Nr. 5 -

»Komm!« Miranda zog Elena von der Bettkante hoch. »Das Gegrübel bringt uns jetzt nicht weiter. Wir müssen übrigens gleich los. Wir sind doch mit Nele und Jana verabredet, oder hast du das vergessen?«

Elena hatte ihre Verabredung tatsächlich vergessen. Die Freundinnen wollten an diesem Abend ins Kino. Es gab einen neuen Film in 3-D-Technik, den sich Nele unbedingt ansehen wollte. Seit Tagen redete sie von nichts anderem und heute lief der Film endlich auch in Blankenfurt an.

»Aber meine Hausaufgaben ...« Elena warf einen gequälten Blick zu ihrem Schreibtisch. Hätte sie vorhin doch nicht so getrödelt! Sie war noch nicht einmal zur Hälfte damit fertig!

Miranda zog die Augenbrauen zusammen. »Okay«, sagte sie. »Aber nur ausnahmsweise. Du weißt selbst, wie wichtig es ist, dass man Hausaufgaben *richtig* erledigt – und nicht mit einem Zaubertrick. Gerade in Mathe! Ich weiß sehr wohl, wie du Mathe hasst! Aber ich will nicht, dass wir Nele und Jana enttäuschen und zu spät kommen, deswegen ....« Sie brach mitten im Satz ab, streckte den Arm aus und murmelte einen Zauberspruch. Elena sah fasziniert zu, wie sich der Füller auf ihrem Schreibtisch aufstellte und in Windeseile die Aufgaben mit den richtigen Lösungen ins Heft schrieb. Natürlich in Elenas Handschrift, so dass niemand einen Unterschied erkennen konnte. Dann legte sich der Füller zur Seite, die Schutzkappe hüpfte darauf, danach verschwand der Füller in Elenas Mäppchen. Das Heft klappte zu und räumte sich zusammen mit dem Mathematikbuch und dem Mäppchen in Elenas Schultasche, die zufrieden zuschnappte. Der ganze Vorgang hatte nicht länger als zwei Minuten gedauert.

»Danke«, sagte Elena erleichtert.

## ~ Kapitel Nr. 5 ~

Miranda grinste kurz, dann machte sie wieder ein ernstes Gesicht.

»Morgen machst du aber deine Hausaufgaben wieder selbst, versprochen?«

»Klar«, antwortete Elena, obwohl sie nichts dagegen gehabt hätte die lästigen Matheaufgaben in Zukunft immer auf diese Weise zu erledigen. Das wäre doch viel einfacher. Und wer würde den Unterschied schon merken?

Aber Miranda würde sicher hinter den Betrug kommen, da brauchte sich Elena nichts vorzumachen. Miranda war nämlich ein Lern-Freak. Sie predigte immer wieder, dass Lernen leichter ging, wenn man Spaß daran hatte. Und dass es wichtig war, sein Gehirn fit zu halten, egal ob es sich um Mathematikaufgaben oder um Zaubersprüche handelte.

Wenig später hatten sich die beiden Mädchen umgezogen und verließen das Haus. Eigentlich wollten sie den Bus nehmen, aber Jolanda kam gerade aus der Redaktion zurück und erklärte sich bereit Elena und Miranda zum Kino zu fahren. Jolanda konnte viel besser Auto fahren als Mona. Zumindest beachtete sie die Verkehrsregeln und nahm auch niemandem die Vorfahrt.

Unterwegs erzählte Elena ihrer Mutter, was mit dem Magnolienbaum passiert war. Jolanda schüttelte den Kopf.

»So langsam fange ich an mir ernsthaft Sorgen zu machen. Seid ihr sicher, dass es nicht wieder einer von Monas Scherzen war?«

»Ganz sicher«, sagte Elena. »Oma Mona hat ja Miranda oder mich in Verdacht gehabt. Außerdem würde sie so etwas nie ihren geliebten Pflanzen antun.«

»Man weiß nie, was ihr in den Sinn kommt«, murmelte Jolanda und konzentrierte sich auf den Feierabendverkehr.

- Kapitel Nr. 5 -

Nele und Jana warteten schon vor dem Kino, als Jolanda am Straßenrand anhielt und die Mädchen aussteigen ließ.

»Viel Spaß«, rief sie ihnen nach, bevor sie die Autotür zuzog und davonfuhr.

Elena und Miranda liefen über die Straße zu ihren Freundinnen.

»Ich habe schon die Karten besorgt«, strahlte Nele sie an. »Jana hatte zwar Angst, dass ihr nicht kommt, aber ich habe gesagt, dass ihr dann bestimmt angerufen hättet – selbst wenn ihr Kopfweh bekommt, sobald ihr ein Handy benutzt.«

»Es ist nicht mehr ganz so schlimm wie anfangs«, wollte Elena sagen, aber da platzte Miranda schon mit der Geschichte vom Magnolienbaum heraus.

»Ein brennender Baum, wie schrecklich!«, rief Jana. »Das muss ja furchtbar sein!«

»Bei euch passiert zu Hause wenigstens was«, sagte Nele und in ihrer Stimme schwang etwas Neid mit. »Ich würde sofort mit euch tauschen! Bei uns daheim ist es zwar auch nie langweilig, aber das ist was anderes. Vorhin zum Beispiel hat mich meine kleine Schwester wieder einmal stundenlang genervt, ob sie meinen MP3-Player auf ihre Klassenfahrt mitnehmen darf. Ich hätte sie fesseln und knebeln können, so sauer war ich auf sie! ›Kauf dir doch selbst einen‹, habe ich ihr gesagt. Leider kam meine Mutter dazu und die hat natürlich wieder Partei für meine kleine Schwester ergriffen. Und jetzt muss ich ihr meinen MP3-Player tatsächlich für die Fahrt leihen. Ist das nicht ungerecht? Wenn sie ihn kaputt macht, dann drehe ich ihr den Hals um!« Neles Gesicht war vor Empörung ganz rot.

»Trotzdem würde ich lieber meiner Schwester einen MP3-

Player leihen, als zuzusehen, wie ein Magnolienbaum in Flammen aufgeht«, meinte Jana.

»Du hast gut reden!«, schnaubte Nele. »Du hast ja keine Schwester. Du Glückspilz bist Einzelkind – und ich arme Socke habe eine Schwester und zwei Brüder! Ach! Manchmal macht das Leben echt keinen Spaß, ehrlich.«

»Jetzt mecker nicht!« Jana stieß ihre Freundin spielerisch in die Rippen. »Noch vor einer Stunde hast du mir erzählt, wie superglücklich du bist, weil du heute beim Einkaufen zufällig Arne getroffen hast.«

»Oh ja.« Nele verdrehte schwärmerisch die Augen und strahlte Miranda und Elena an. »Das stimmt, ich habe ihn wirklich getroffen, ganz zufällig. Ich musste im Supermarkt Nudeln für meine Mutter kaufen und in der Gemüseabteilung habe ich dann Arne gesehen. Er hat mich gefragt, ob ich weiß, wo das Bio-Obst ist ...« Sie seufzte. »Wir haben mindestens zehn Minuten miteinander geredet. Und ich weiß jetzt, dass er auf Tomaten allergisch reagiert und Rote Bete hasst. Ich mag übrigens auch keine Rote Bete.«

»... und das ist nur eine von euren vielen Gemeinsamkeiten, richtig?«, sagte Jana leicht spöttisch und hakte Nele unter. »Wir sollten langsam reingehen und uns einen Platz sichern, das Kino wird bestimmt voll.«

Nele fischte die Kinokarten aus ihrer Anoraktasche und verteilte sie. Während Elena ihren Geldbeutel zückte, räusperte sich Miranda.

»Du, Nele ... äh ... was Arne angeht, muss ich dir unbedingt was sagen ...«, druckste sie herum.

Nele erbleichte. »Was heißt das?«

Elena wünschte sich einen Augenblick lang, Miranda würde Nele nicht erzählen, dass Daphne und Arne befreundet waren. Diese Neuigkeit würde Nele bestimmt todunglücklich machen und ihr den ganzen Abend verderben.

»Ach, das ist doch nicht so wichtig«, sagte Elena und fasste Miranda am Arm. »Das kann dir Miranda ein anderes Mal erzählen.«

Aber Miranda machte sich los und warf Elena einen Blick zu. »Ich finde schon, dass es wichtig ist. Nele sollte es lieber jetzt erfahren, damit sie sich keine falschen Hoffnungen macht.«

Nele war schon ganz hibbelig. »Was ist los? Jetzt rede schon!«

»Ja, das will ich jetzt auch wissen«, sagte Jana neugierig.

»Arne ist mit Daphne zusammen«, erwiderte Miranda.

Neles Lippen fingen an zu zittern und ihre Augen füllten sich mit Tränen. »Mit D-ddaphne?«

Elena sah ihr an, wie sie mit sich kämpfte und mühsam versuchte nicht ihre Beherrschung zu verlieren. Jana legte tröstend den Arm um ihre Freundin, aber Nele schubste ihn wütend weg.

»Ausgerechnet Daphne!«, fauchte sie dann. »Die ... die hatte doch Alex. Oder Gregor. Oder was weiß ich ...« Sie schluckte heftig. »Wieso will sie jetzt auch Arne? Ach ...« Eine große Träne rollte ihr über die Wange. Nele wischte sie unwirsch weg.

Elena presste die Lippen zusammen. Sie fühlte sich schuldig, obwohl sie nichts dafür konnte, dass sich Daphne Arne geschnappt hatte. Aber es war Elena selbst unangenehm, wie oft Daphne ihre Freunde wechselte. Und sie hätte sich diesmal wirklich einen anderen Jungen aussuchen können als gerade den, der Nele so gut gefiel.

»Es tut mir leid«, sagte Miranda leise. »Aber ich glaube, es

## ~ Kapitel Nr. 5 ~

ist besser, du weißt Bescheid. Wäre ja blöd, wenn du es von jemand anderem erfahren würdest.«

Nele nickte. »Wahrscheinlich ... hast du Recht ...« Ihre Stimme versagte. Sie drehte sich weg, weil sie heulen musste. Jana nahm sie in die Arme.

Elena trat nervös von einem Fuß auf den anderen und blickte Miranda verzweifelt an.

»Habe ich was falsch gemacht?«, fragte Miranda.

»Nein, es ist schon in Ordnung«, sagte Elena schnell. »Es liegt ja nicht an dir. Ich finde es auch blöd, dass sich Daphne ausgerechnet in Arne verguckt hat. Als gäbe es keine anderen Jungs.«

Nele schluchzte auf.

Elena legte ihr die Hand auf den Rücken. »Beruhige dich doch, Nele!« Sie fühlte sich hilflos.

»Daphne hat es ja einfach«, schniefte Nele. »Die kann jeden Jungen kriegen, den sie will. Sie braucht bloß ... mit den Fingern zu schnippen ... Und ich ... Wenn ich einmal ... ach ... vergiss es.«

Jana streichelte Neles kurzes schwarzes Haar. »Vielleicht geht es ja bald wieder auseinander«, murmelte sie. »Du weißt doch, wie Daphne ist. – Jetzt sollten wir aber wirklich reingehen, sonst sind die besten Plätze schon weg.«

»Ich hab keine Lust mehr auf Kino«, brummte Nele. »Ihr könnt euch den Film ja angucken, wenn ihr wollt. Ihr braucht auf mich keine Rücksicht zu nehmen.«

Miranda und Elena wechselten einen Blick. Die Stimmung war jetzt ziemlich verdorben. Elena spürte, dass ihr der Film inzwischen auch egal war. Miranda und Jana schien es ähnlich zu gehen.

»Okay«, sagte Jana. »Dann geben wir die Karten eben zurück und setzen uns stattdessen lieber ins Café.« Sie drehte sich zur Kasse um. »Hoffentlich kriegen wir unser Geld wieder – jetzt, wo der Film gleich anfängt.«

»Keine Sorge, ich regele das«, sagte Miranda, ließ sich die Karten geben und ging damit zur Kasse. Elena beobachtete, wie die Kassiererin Miranda erst abweisen wollte. Dann änderte sie plötzlich ihre Meinung und schob Miranda zwei Geldscheine über den Tresen. Miranda bedankte sich und kehrte zu den anderen zurück. Elena hatte zwar nicht gesehen, wie Miranda gehext hatte, aber sie war überzeugt, dass Miranda mit einem kleinen Zauber nachgeholfen hatte.

Die vier Mädchen gingen in das Café, das gleich neben dem Kino lag. Sie waren mehrere Male hier gewesen. Elena wusste, dass es im Café einen ganz köstlichen Schokoladenkuchen gab. Vielleicht würde ein Stück Kuchen gegen Neles Kummer helfen, auch wenn es kein Sorglos-Kuchen war …

Die Freundinnen wählten einen Tisch am Fenster. Das Café war nur schwach besetzt. Nele hängte ihren Anorak über die Stuhllehne. Jana schnappte sich gleich die Karte.

»Ich muss mal aufs Klo. Bestimmt habe ich eine ganz rote Nase.« Nele blickte in die Runde. »Kommst du mit, Miranda?«

»Klar.« Miranda stand auf und folgte Nele zu den Damen-Toiletten, die sich im Gang hinter der Theke befanden.

In der Toilette wusch sich Nele die Hände und ließ sich kaltes Wasser übers Gesicht laufen. Miranda stand neben ihr und zupfte an ihren hellblonden Haaren herum. Sie ahnte, dass Nele etwas auf dem Herzen hatte und sie deswegen mit Absicht um Begleitung gebeten hatte. Miranda wartete …

Endlich war Nele fertig, drehte den Wasserhahn zu und wandte sich an Miranda.

»Du musst mir helfen«, brach es aus ihr heraus. »Wenn mir jemand helfen kann, dann du. Schließlich bist du eine Hexe.«

Miranda suchte nach einer Antwort. »Elena ist auch eine Hexe und du weißt, dass sie sich genauso wenig mit Zauberei in Liebesdinge einmischt wie ich«, sagte sie vorsichtig. »Liebe steht außerhalb jeder Magie, jedenfalls weitestgehend.«

Eine Zornfalte erschien auf Neles Stirn. »Glaubst du, Daphne hat nicht nachgeholfen? Das kann doch kein Zufall sein, dass sie immer genau den Jungen bekommt, den sie haben will.«

Miranda hob die Schultern. »Kann schon sein, dass sie ab und zu ein bisschen trickst.«

»Ach, und bei ihr ist es erlaubt?«, fragte Nele. Ihre Augen wurden schon wieder feucht, diesmal vor Wut. »Und bei mir? Ich hab dann einfach Pech gehabt, wenn ich einmal verliebt bin ... Das ist einfach nicht GERECHT!«

»Nein, gerecht ist es nicht«, musste Miranda zugeben. »Aber es ist genauso wenig fair, wenn du Arne mit Hilfe von Zauberkräften für dich gewinnst, findest du nicht?«

Nele schüttelte den Kopf. »Nein, das finde ich nicht«, schnaubte sie. »Im Gegenteil, ich finde es ausgesprochen UNFAIR, dass ich bei ihm keine Chance habe. Hätte Daphne nicht dazwischengehext, wären wir vielleicht zusammengekommen. Er mag mich, das spüre ich. Sonst hätte er sich ja heute im Supermarkt auch nicht so lange mit mir unterhalten.« Wieder strömten die Tränen über ihre Wangen.

»Jetzt beruhige dich doch, Nele.« Miranda fühlte sich unbehaglich.

»Warum hilfst du mir denn nicht?«, begann Nele noch einmal einen verzweifelten Versuch. »Nur ein ganz klein wenig, alles andere läuft dann bestimmt von ganz allein, glaub mir. Ich will doch auch nicht, dass sich Arne unsterblich in mich verliebt, weil er verhext ist. Ich möchte ihn nur weiter auf mich aufmerksam machen. Und vielleicht auch ein bisschen mehr ... Könntest du mir nicht ein paar Tropfen von diesem Zeugs besorgen ... diesem *Waselnussöl* ...?« Sie blickte Miranda hoffnungsvoll an.

Miranda kämpfte mit sich. Sie konnte Neles Gefühle gut nachvollziehen, vor allem ihre Enttäuschung und Wut auf Daphne. Und es wäre für eine Hexe wie Miranda wirklich nur eine Kleinigkeit, Neles und Arnes Glück ein wenig auf die Sprünge zu helfen.

»Ich muss darüber nachdenken«, sagte Miranda.

»Bitte Miranda, hilf mir, das wäre super.« Neles Gesicht leuchtete auf. Mit dem Handrücken wischte sie die Tränen fort.

»Ich kann aber nichts versprechen«, gab Miranda zu bedenken. »Es gibt keine Garantie, dass Arne die Liebe deines Lebens wird, selbst wenn ich mich mit Zauberei einmische. Magie funktioniert in der Liebe immer nur über eine gewisse Zeit, und wenn es unter normalen Umständen nicht geklappt hätte, dann geht die Sache früher oder später auch auseinander.«

Nele nickte. »Okay.« Ihre Augen glänzten, aber jetzt vor Freude.

»Und dann ist der Kummer vielleicht noch größer«, warnte Miranda ihre Freundin. »Wenn du ihn erst einmal geküsst hast ...«

Nele sah selig aus. »Du kannst also machen, dass er mich küsst?«

## ~ Kapitel Nr. 5 ~

»Na ja ... wahrscheinlich schon ...« Miranda hatte den Eindruck, dass sie sich zu weit vorgewagt hatte. Am liebsten hätte sie ihre Zusage zurückgenommen, aber Nele wäre dann sicher furchtbar enttäuscht und würde gleich wieder in Tränen ausbrechen.

»Und wie willst du mir helfen? Mit Waselnussöl? Und bitte, bald!« Nele blickte Miranda erwartungsvoll an.

»Ich weiß noch nicht«, wich Miranda aus. »Wie gesagt, ich muss erst noch darüber nachdenken. Es wäre einfacher, wenn Arne nicht ausgerechnet mit Daphne zusammen wäre, sondern mit einem anderen Mädchen, wenn du verstehst, was ich meine.«

»Weil Daphne eine *Hexe* ist, richtig?«, fragte Nele vorsichtig.

»Genau.« Miranda lächelte schwach. »Ich muss mir sehr gut überlegen, wie ich vorgehe, damit Daphne nichts merkt. Du kannst dir ja vorstellen, wie sie reagieren würde.«

»Na ja, begeistert wäre sie bestimmt nicht ...« Neles Augen verdunkelten sich. »Sie wäre sicher stinksauer auf dich.«

»Ganz genau, und ich habe keine Ahnung, was ihr dann einfallen würde, um ihrer Wut Luft zu machen«, ergänzte Miranda. »Und bitte sag weder Jana noch Elena, dass ich dir helfen will. Das muss absolut unter uns bleiben.«

»Versprochen«, beteuerte Nele.

# Sei auf der Hut, wenn du nicht willst, dass dich ein Zauberer durchschaut!

Eusebius reichte dem Magier die Hand, um ihm zu helfen über den Rand des Sarges zu steigen. Mafaldus Horus schwang sich erstaunlich gelenkig heraus, worüber sich Eusebius wunderte. Woher nahm dieser uralte Zauberer nur all die Kraft und Energie? Vom langen Liegen in der kalten Gruft hätte er steif und unbeweglich sein müssen ...

Mafaldus stand neben ihm, in seinen Augen glomm ein unheilvolles Feuer.

»Ich habe schon auf dich gewartet«, sagte er. »Ich hatte schon befürchtet, dass du es dir anders überlegt hast.«

»Ich musste erst noch etwas ... für meinen Onkel erledigen«, gab Eusebius schnell zur Antwort. »Es tut mir leid.«

Der kurze Ausflug in die Menschenwelt hatte mehr Zeit beansprucht, als Eusebius gedacht hatte. Eigentlich hatte er nur kurz Miranda sehen wollen, um sich von ihr zu verabschieden, bevor er sich dem gefährlichen Auftrag zuwandte, Mafaldus Horus zu begleiten und ein für alle Mal festzusetzen. Doch auf der Rückreise – die Eusebius nicht ganz legal unternommen hatte – war er unerwartet in Turbulenzen geraten. Er war in ein schlangenartiges Labyrinth gezogen worden, voll greller Lichtblitze, merkwürdiger Geräusche und schriller Musik. Seltsame Fratzen waren aufgetaucht, unsichtbare Hände hatten nach ihm greifen wollen. Es war der reinste Höllentrip gewesen, aus dem sich Eusebius erst nach anderthalb Tagen hatte befreien können – und das nur unter Aufwendung seiner gesamten Zauberkunst. Völlig erschöpft war er bei seinem Onkel Theobaldus Magnus angekommen, der bereits ungeduldig auf ihn gewartet hatte. Natürlich hatte er wissen wollen, wo Eusebius so lange gewesen war.

Eusebius hatte behauptet, er habe an einem geheimen schwarzmagischen Diskussionsforum teilgenommen und einer der Zauberer habe zum Schutz der Versammlung Zeitzauberei angewandt. Die dreistündige Veranstaltung habe in Wirklichkeit drei Tage gedauert. Um vor Spionen und unerwünschten Zuhörern sicher zu sein, hätten die Teilnehmer auf einer anderen Zeitebene diskutiert, dafür war *Zeitmagie* eingesetzt worden.

»Kein Außenstehender konnte ein Wort von unserer Unterhaltung verstehen«, erklärte Eusebius seinem Onkel. »Unser Gespräch war nämlich vierundzwanzigmal langsamer als normal. Eine geniale Verschlüsselung. So perfekte Ohren besitzt kein Zauberer.«

Theobaldus hatte seinem Neffen die Ausrede zum Glück abgenommen und keine weiteren Fragen gestellt.

Dennoch interessierte es Eusebius sehr, warum seine Rückreise so furchtbar kompliziert gewesen war. Von Leon Bredov erfuhr er dann, dass das Landeszauberamt die Grenze zur Menschenwelt mit stärkeren Sicherheitsmaßnahmen versehen hatte. Die Behörde hatte aus sicherer Quelle erfahren, dass es in der letzten Zeit mehrfach zu illegalem Reiseverkehr zwischen den beiden Welten gekommen war. Gera-

### Einmaleins der Zeitmagie

Die Zeitzauberei ist ein spezielles Kapitel der höheren Magie. Sie kann sehr praktisch sein, aber auch fatale Folgen haben. Deswegen sei jede Zeitmagie gut überlegt!

Es gibt verschiedene Möglichkeiten, Zeitmagie einzusetzen:
- ✶ die Zeit vorstellen
- ✶ die Zeit zurückstellen
- ✶ die Zeit wiederholen, so dass immer wieder derselbe Tag abläuft

Auch kann sie Folgendes ermöglichen:
- ✶ Zeitlupe: Die Zeit verläuft insgesamt langsamer, alle Personen scheinen zu schleichen und sich nur im Schneckentempo zu bewegen. Nur die Hexe ist davon nicht betroffen. So kann sie viele zusätzliche Dinge erledigen und ist ihrer Umgebung immer ein Stück voraus.
- ✶ Zeitraffer: Die Zeit verläuft schneller, alle scheinen zu rennen. Lediglich die Hexe bewegt sich im normalen Tempo. Zeitraffer ist gut, um beispielsweise langweilige Wartezeiten oder lange Reisen zu überbrücken.

de junge Leute waren in die Menschenwelt gereist, um sich dort zu vergnügen. Die obersten Beamten des Landeszauberamts waren sich einig, dass solche Auswüchse unbedingt unterbunden werden mussten.

»Wenn ich gewusst hätte, dass du Miranda besuchen willst, hätte ich dir Bescheid gesagt«, hatte Leon zu Eusebius gesagt. »Es tut mir leid, dass du eine so unangenehme Rückreise hattest.«

»Kann ich denn Miranda jetzt gar nicht mehr besuchen oder nur noch mit erheblichem Aufwand?«, hatte Eusebius Leon gefragt.

»Keine Sorge, natürlich ist das auch weiterhin möglich. Für uns Geheimagenten gibt es IMMER einen Weg und der ist weiterhin so unkompliziert wie bisher«, hatte Leon den jungen Hexer beruhigt. »Du musst dich nur vor deiner nächsten Reise mit mir in Verbindung setzen.«

»Gut, das werde ich tun«, hatte Eusebius versichert. Er war erleichtert. Es wäre schrecklich, wenn er all seine Reisen in die Menschenwelt immer erst bei der Zaubereibehörde beantragen müsste. Er wollte nicht, dass alle möglichen Leute von seiner Liebe zu Miranda erfuhren, denn das konnte sie vielleicht in Gefahr bringen.

Jetzt aber musste Eusebius seine Gedanken an Miranda verdrängen und sich auf Mafaldus Horus konzentrieren. Er fühlte sich unbehaglich bei der Vorstellung, dass er in der nächsten Zeit Tag und Nacht mit dem großen Schwarzmagier unterwegs sein würde. Mafaldus beherrschte garantiert die Kunst des Gedankenlesens – und Eusebius würde sich gut abschirmen müssen. Denn wenn Mafaldus Horus herausfand, dass Eusebius gar kein Schwarzmagier war, sondern in Wahrheit ein Geheimagent der obersten Regierung, der gegen schwarze Magie kämpfte, dann konnte die Reise tödlich für ihn ausgehen.

»Hast du alles für unsere Reise vorbereitet, Gepäck, Proviant?«, fragte Mafaldus und seine Augen schienen den jungen Hexer förmlich zu durchbohren. »Ich weiß noch nicht, wie lange wir unterwegs sein werden. Es ist wichtig, dass wir auch einige wirksame Zaubermittel zur Hand haben, denn wir wissen nicht, was uns auf der Reise erwartet.«

»Ich habe für alles gesorgt«, erwiderte Eusebius. »Es sollte Euch an nichts fehlen, mein Herr. Mein Onkel hat einen Sack mit magischen Ingredienzen für uns hergerichtet, sozusagen als Notfallausrüstung. Ich bin sicher, dass er an alles gedacht hat.«

Mafaldus nickte zufrieden. »Auf Theobaldus konnte ich

### Magische Ingredienzen

Zutaten, die manchmal nötig sind, um einen Zauber in Gang zu setzen oder ihm eine größere Wirkung zu verleihen.
Bei allen Arten der Magie (weiße, schwarze, graue, grüne) gibt es diese Verstärkungsmittel. Je schwieriger der Zauber ist, desto mehr »Fremdmittel« müssen eingesetzt werden.
Man unterscheidet folgende Materialien:

- Zaubermittel pflanzlicher Herkunft (in frischem oder getrocknetem Zustand): beispielsweise Kräuter, Wurzeln oder Äste, Früchte und Samen
- Zaubermittel tierischer Herkunft (getrocknet oder frisch): beispielsweise Froschlaich, Fischgräten, Spinnenbeine, Ochsenauge, Knochen und Gebeine, Leber oder Herz, Affenpfote, Felle (z.B. von Katzen, Tigern, Löwen …)
- Zaubermittel irdischer Herkunft: Erde, Sand (z. B. von Kraftorten), Erze und Mineralien, Metalle (besonders Gold, Silber, Kupfer)
- Zauberkräftige Flüssigkeiten: Wasser aus bestimmten Seen, Mooren oder Meeren (Oft spielt der Salzgehalt eine Rolle oder ob das Wasser aus sichtbaren oder unterirdischen Quellen stammt.)

Je hochwertiger die Qualität der Zutat ist, desto besser funktioniert der Zauber. Manche Zutaten sind geschützt und es ist verboten, sie zu sammeln und zu verwenden. Aber oft halten sich die Magier nicht an die Verbote. Es gibt daher auch einen Schwarzmarkt für verbotene oder schwer erhältliche Zaubermittel.

---

mich bisher immer verlassen, er ist einer meiner treuesten Anhänger. – Umso mehr freue ich mich, dass du in seine Fußstapfen trittst.« Unvermutet landete Mafaldus' Hand auf Eusebius' Schulter. Es wirkte wie eine harmlose Geste, doch Eusebius war auf der Hut. Er spürte einen schwachen Energiefluss, der von den Fingern des Magiers ausging. Kein Zweifel, Mafaldus war gerade dabei, Eusebius magisch zu scannen. Doch er tat es bestimmt nicht, um herauszufinden, ob Eusebius gesund war oder ob er eine heimtückische

Krankheit in sich trug. Nein, der Schwarzmagier wollte auf diese Weise mehr über Eusebius' Gesinnung wissen und in Erfahrung bringen, ob der junge Hexer ihm auch wirklich ergeben war.

Eusebius konzentrierte sich. Er musste unbedingt seine Gedanken unter Kontrolle halten und an nichts denken, das ihn verraten könnte. Eusebius versuchte sich an die Versammlung der *Schwarzen Zauberkutten* zu erinnern, an der er vor einiger Zeit teilgenommen hatte. Er rief sich einige Bilder ins Gedächtnis zurück und beschwor das Gefühl der Begeisterung herauf, als die Zauberer Mafaldus Horus im Dornenbaum erblickt hatten.

Der Trick schien zu funktionieren ... Eusebius fühlte, wie Mafaldus nach einer Weile zufrieden seine Hand zurückzog.

»Nun komm«, sagte der alte Magier. »Lass uns aufbrechen. Vor uns liegt ein weiter Weg.«

»Ihr sagt es«, erwiderte Eusebius. »Es ist eine große Ehre für mich, Euch begleiten zu dürfen. Hoffentlich kann ich Eure Erwartungen erfüllen.«

Mafaldus Horus lachte trocken auf. »Für den Anfang genügt es, dass du mein Gepäck trägst.«

»Aber gern«, sagte Eusebius höflich und schulterte die beiden riesigen Rucksäcke, die schon an der Wand bereitstanden.

Seite an Seite schritten der Magier und der junge Hexer durch das finstere Gewölbe, das nur hin und wieder von einer flackernden Fackel erhellt wurde. Das unterirdische Labyrinth unter Theobaldus Magnus' Haus war riesig. Noch vor wenigen Wochen hatte Eusebius nicht gewusst, dass es existierte. Und er hatte auch keine Ahnung davon gehabt,

– Kapitel Nr. 6 –

dass sein Onkel in der Gruft den meistgesuchten Magier der Hexenwelt, Mafaldus Horus, versteckte.

Eusebius hoffte inständig, dass es Leon Bredov und ihm gelingen würde, den Magier in die Unterwelt zurückzubringen, wo er für immer bleiben sollte. Eine äußerst schwierige Aufgabe ...

Mafaldus Horus und Eusebius verließen das Gewölbe, das im hintersten Teil von Theobaldus' weitläufigem Garten endete. Es wehte ein frischer Wind und die Sonne hatte sich hinter den Wolken versteckt. Trotzdem lag ein Hauch von Frühling in der Luft. Eusebius atmete tief durch und dachte an Miranda. Wie schön wäre es, jetzt mit ihr über blühende Wiesen zu spazieren. Einen flüchtigen Augenblick lang glaubte er Mirandas Lippen auf seinem Mund zu spüren. Wie wunderbar! Doch gleich darauf riss er sich zusammen. Er durfte jetzt nicht träumen, sondern musste sich auf seinen Auftrag konzentrieren. Die Riemen der beiden Rucksäcke schnitten schmerzhaft in seine Schulter und er wünschte sich, Mafaldus würde wenigstens einen übernehmen. Doch der alte Magier dachte nicht daran.

»Wohin geht unsere Reise?«, fragte Eusebius.

»In weite Ferne«, antwortete der Zauberer geheimnisvoll.

Mit dieser Auskunft konnte Eusebius wenig anfangen. »Wollt Ihr mir nicht wenigstens verraten, was Ihr vorhabt? Schließlich bin ich Euer Begleiter und ich kann Euch nur behilflich sein, wenn ich Eure Pläne kenne.«

»Du wirst früh genug erfahren, weswegen wir unterwegs sind«, sagte Mafaldus. Er breitete die Arme aus und verwandelte sich ohne ein weiteres Wort in einen Falken.

Eusebius versuchte es ihm nachzumachen – was wegen des

Gepäcks nicht einfach war. Es kostete ihn große Kraft, die Gestalt eines Adlers anzunehmen und gleichzeitig die riesigen Rucksäcke zu zwei handlichen Beuteln schrumpfen zu lassen. Aber schließlich hatte er es geschafft. Er packte mit seinen Klauen die Beutel und schwang sich in die Luft, um dem Falken hinterherzufliegen, der schon einen gewaltigen Vorsprung hatte.

Sie flogen nach Norden, hoch in der Luft, direkt unter den Wolken. Eusebius sah unter sich Hügel und Flüsse, dazwischen kleine Siedlungen. Der Falke schien keine Müdigkeit zu kennen. Pfeilschnell flog er voraus und Eusebius hatte Mühe, ihm zu folgen. Die Landschaft unter ihnen veränderte sich, die Berge wurden höher. Auf manchen Gipfeln glitzerte roter Schnee – und Eusebius wusste, dass sie jetzt über die Blutberge flogen. Er wünschte sich von Herzen, dass sich Mafaldus nicht ausgerechnet die Blutberge als Ziel ausgesucht hatte. Das war ein unheimlicher, verhexter Ort, an dem vor vielen, vielen Jahren großes Unheil geschehen war, so dass sich seit jener Zeit der Schnee stets rot färbte. Noch immer sollten die Geister jener, die damals getötet worden waren, in den Blutbergen spuken. Es war ein Ort, den die Hexen und Zauberer gewöhnlich mieden, weil ihre Magie an dieser Stelle versagte oder unkontrollierbar wurde. Manchmal verirrten sich ein paar Jugendliche in die Blutberge, die es als Mutprobe ansahen, dort eine Nacht zu verbringen. Ein sehr leichtsinniges Vorhaben, denn die meisten von ihnen kehrten niemals zurück. Diejenigen, die tatsächlich den Rückweg schafften, waren für den Rest ihres Lebens im Geist verwirrt, weil sie in den Blutbergen offenbar schreckliche Dinge erlebt oder gesehen hatten.

Doch zum Glück flog Mafaldus Horus weiter und ließ

## - Kapitel Nr. 6 -

die Blutberge hinter sich. Es wurde allmählich Abend und die Dunkelheit senkte sich über das Land. Eusebius fragte sich schon, ob sie wohl die ganze Nacht hindurch fliegen würden, doch da landete Mafaldus auf einem Felsvorsprung, schüttelte sein Gefieder und nahm wieder seine normale Gestalt an. Er sah zu, wie Eusebius neben ihm aufsetzte und sich zurückverwandelte.

»An diesem Ort werden wir übernachten«, sagte Mafaldus, ohne eine Begründung für seine Entscheidung zu liefern. »Du kannst unser Zelt aufstellen.«

Eusebius fragte sich, woher Mafaldus wusste, dass sich in einem der Rucksäcke tatsächlich ein Zelt befand. Aber dem großen Zauberer blieb wohl nichts verborgen. Mit einem unguten Gefühl im Magen begann Eusebius das Zelt aufzubauen. Er suchte sich dazu einen windgeschützten Platz im Schatten eines Felsens. Mit einem Zauberspruch fügten sich die Stangen ineinander, ein zweiter Zauberspruch sorgte dafür, dass sich die Zeltplanen ausbreiteten und sich an den richtigen Stellen festzurrten. Mafaldus sah mit verschränkten Armen zu. Das Zelt war schwarz, darauf tanzten rote Flammen, die leuchteten und gleichzeitig Wärme verbreiteten. Doch der Stoff brannte nicht.

Eusebius kroch ins Innere des Zeltes, um die beiden Schlafsäcke auszubreiten. Er legte sie so weit wie möglich auseinander, denn er hatte keine Lust, während des Schlafs Mafaldus' Hand oder seinen Atem zu spüren. Am liebsten hätte er im Freien geschlafen, doch mit diesem Wunsch würde er

Mafaldus vielleicht beleidigen oder für schlechte Stimmung sorgen. Das durfte er nicht riskieren.

Als Eusebius aus dem Zelt kam, sah er, wie ein spöttisches Lächeln die Lippen des großen Zauberers umspielte.

»Du bist manchmal ein wenig ungeschickt, stimmt's?«

Eusebius spürte einen Anflug von Ärger. »Wie kommt Ihr darauf, Herr?«, fragte er und bemühte sich seine Stimme möglichst gleichmütig klingen zu lassen.

»Du machst noch so vieles per Hand. Du nutzt nicht das volle Potenzial deiner Zauberkraft«, sagte Mafaldus.

»Ich hebe mir meine Zauberkraft für wichtigere Dinge auf«, erwiderte Eusebius. »Außerdem ist es gut, wenn man sich nicht völlig auf die Zauberei verlässt. Es gibt Orte, an denen Magie nicht funktioniert.«

»Wahr gesprochen!«, antwortete Mafaldus, aber Eusebius hatte den Eindruck, aus seinen Worten blanken Hohn herauszuhören. Er beschloss sich nicht darum zu scheren, sondern machte mit seiner Arbeit weiter. Er legte Steine zu einem Kreis zusammen, sammelte Holz und entfachte in der Mitte des Steinkreises ein Lagerfeuer. Dann setzte er einen Topf mit Wasser auf, kippte getrocknetes Gemüse und etwas Würzfleisch dazu und brachte das Wasser zum Kochen. Der Geruch, der bald darauf in seine Nase zog, zeigte ihm, wie hungrig er inzwischen war. Er hatte seit dem Abflug von zu Hause nichts mehr gegessen. Sein Magen knurrte vernehmlich.

»Du hast eine umständliche Art zu kochen«, bemerkte Mafaldus, der im Finstern neben ihm stand.

»Es beruhigt meine Nerven«, sagte Eusebius, ohne sich aus der Ruhe bringen zu lassen. »Die Suppe ist gleich fertig. Ihr könnt Euch schon einmal ans Feuer setzen.«

»Ich esse nicht«, erwiderte Mafaldus, während er sich ans Feuer kauerte, aber so weit von den Flammen entfernt blieb, dass sein Gesicht im Schatten lag. »Meine Nahrung ist nicht mehr die der gewöhnlichen Magier.«

Im ersten Moment war Eusebius erstaunt, dann fiel ihm ein, dass Mafaldus Horus ja uralt war und die meiste Zeit in der Unterwelt verbracht hatte. Genau genommen war er seit langer Zeit tot, er wurde nur durch schwarze Magie am Leben erhalten ...

Ein Schauder lief über Eusebius' Rücken.

»Und woher bezieht Ihr Eure Kraft?«, fragte er leise.

»Das willst du nicht wirklich wissen«, antwortete Mafaldus mit einem bösen Lachen, das überheblich und angsteinflößend zugleich klang. Er streckte seine Hände aus und die Flammen schlugen höher, so dass sich Eusebius, der gerade den Topf vom Feuer nehmen wollte, fast verbrannte. Aber der junge Zauberer reagierte geistesgegenwärtig.

»*Frigus!*«

Die Flammen schrumpften augenblicklich zu einem kleinen Feuerchen. Ohne den Vorfall zu kommentieren, goss Eusebius Suppe in eine Schale, hockte sich auf den Boden, nahm einen Holzlöffel und begann die Suppe zu essen. Er genoss es, wie die heiße Flüssigkeit durch seine Kehle rann. Nach und nach breitete sich eine wohlige Wärme in seinem Bauch aus. Einen Moment lang dachte er an Miranda und sah sie wieder vor sich – ihr blondes Haar und ihre leuchtend blauen Augen. Wie gern wäre er jetzt bei ihr gewesen! Stattdessen befand er sich in der Fremde, weit weg von ihr, und neben ihm saß der gefährlichste Magier aller Zeiten.

»Warum sollst du nicht wissen, woher ich meine Energie beziehe ...«, sagte Mafaldus plötzlich. »Nun – ich beziehe sie aus der Lebenskraft anderer Wesen«, erklärte er mit einem kalten Unterton.

Mafaldus schien es sich anders überlegt zu haben, denn jetzt erfuhr Eusebius die ganze schreckliche Wahrheit.

»Es stärkt mich zum Beispiel, wenn ich durch ein Feld gehe und die Pflanzen links und rechts von mir verdorren lasse. Neulich habe ich einen Fuchsbau mit vier Jungen gefunden – auch ihre Lebensenergie war mir sehr nützlich.«

Eusebius hatte Mühe, das Bild mit den toten Füchsen aus seinem Kopf zu vertreiben. Die Wärme, die er eben noch in seinem Magen gespürt hatte, war verschwunden. Stumm löffelte er die Suppe weiter, aber sie schmeckte ihm nicht mehr.

»Natürlich lässt sich diese Form der Energiespende auch auf alle anderen Lebewesen übertragen, auf Kinder …«, setzte Mafaldus fort. Er schien Eusebius provozieren zu wollen, denn seine kalten Augen ruhten auf dem jungen Zauberer und flößten ihm Angst ein.

Eusebius sprang heftig auf. Die Suppenschale fiel aus seiner Hand. »Ihr … Ihr stehlt auch Kindern die Lebenskraft, das ist Mord!« Seine Empörung kannte keine Grenzen. Am liebsten hätte er den Zauberer neben sich gewürgt, bis dieser ihm das Versprechen geben würde, in Zukunft sämtliche Kinder in Ruhe zu lassen.

»Ich sagte ja vorhin: Das willst du gar nicht wissen. Ich hätte es dir vielleicht doch nicht erzählen sollen«, entgegnete Mafaldus ungerührt. »Du hast übrigens deine Suppe verschüttet.«

Schweigend suchte Eusebius im Dunkeln nach der Schale, die ein Stück weggerollt war. Er überlegte, was er tun konnte. Er verspürte große Lust, den Magier zu verlassen, anstatt ihn weiter auf seiner Reise zu begleiten. Was für ein Ungeheuer! Welch böse Eigenschaften würden wohl noch zu Tage treten? Aber Eusebius hatte ja gewusst, dass er es mit einem mächtigen Schwarzmagier zu tun hatte; er hatte sich nur keine Einzelheiten ausgemalt. Eusebius machte sich bewusst, dass Mafaldus durch und durch böse war. Normale Regeln galten für diesen Zauberer nicht, er lebte nach seinen eigenen Gesetzen ... Umso wichtiger war es, Mafaldus in die Unterwelt zurückzuschaffen, und das konnte nur gelingen, wenn Eusebius ihm eine Falle stellte. Leon Bredov würde ihm zur Seite stehen. Deswegen musste er durchhalten, wenn es auch noch so schwierig war.

Stumm kehrte Eusebius an seinen Platz am Feuer zurück und schöpfte sich noch einmal Suppe aus dem Topf. Wenn er seinen Auftrag erledigen wollte, musste er bei Kräften bleiben.

»Ich habe dich vorhin wohl etwas geschockt«, ertönte Mafaldus' Stimme in der Dunkelheit.

»Ihr habt mich zugegebenermaßen ein bisschen überrascht«, murmelte Eusebius. »Ich hatte damit gerechnet, dass Ihr Euch an Wildtieren vergreift, aber dass Ihr auch vor kleinen Kindern nicht haltmacht, an den Gedanken muss ich mich erst gewöhnen.«

»Du musst noch viel lernen, wenn du ein großer Schwarzmagier werden willst«, sagte Mafaldus. »Vor allem musst du lernen deine Gefühle zu kontrollieren. Willst du einmal eigene Kinder haben?«

»Schon«, sagte Eusebius und in seinem Kopf erschien wieder Mirandas Gesicht.

»Überlege es dir gut«, sagte Mafaldus. »Eigene Kinder sind eine Belastung für einen Schwarzmagier – die ganze

Verantwortung –, obwohl man sie schon früh an schwarze Magie heranführen kann. Aber Kinder sind unberechenbar und man erlebt mit ihnen manch unliebsame Überraschung. Dein Onkel hat es klüger gemacht. Er hat auf eigene Kinder verzichtet und kümmert sich lieber um seinen Neffen, um dich. Er hat dich nicht aufgezogen, nicht wahr?« Mafaldus schien in Plauderstimmung zu geraten. Eusebius wunderte sich ein wenig über die plötzliche Wendung des Gesprächs, dachte sich aber nicht viel dabei.

»Nein, er hat mich erst zu sich genommen, als ich zwölf Jahre alt war«, antwortete Eusebius und fragte sich im gleichen Moment, wie er dazu kam, Mafaldus seine Lebensgeschichte zu erzählen. Denn sein Mund redete wie von allein einfach weiter.

»Meine Eltern durchlebten in dieser Zeit eine schwierige Phase, sie waren drauf und dran sich zu trennen. Mein Onkel Theobaldus hat ihnen angeboten sich um mich zu kümmern, damit sie endlich die Weltreise machen konnten, die sie sich schon so lange gewünscht hatten.«

*Ein Plapperzauber*, dachte Eusebius, während sein Mund immer weiterquatschte. *Mafaldus muss einen Plapperzauber angewandt haben, um möglichst viel über mich zu erfahren.* Er musste seinen Redefluss unbedingt stoppen. Fieberhaft suchte er einen Gegenzauber, während er unaufhörlich redete und redete.

*Schweig still, Mund!*, befahl sich Eusebius in Gedanken. Mafaldus durfte auf keinen Fall erfahren, dass Eusebius eine ganz andere Einstellung zu schwarzer Magie hatte als sein

### Plapperzauber

Ein einfacher, unauffälliger Zauber, aber mit großer Wirkung. Man bringt damit andere Leute dazu, einem das Herz auszuschütten und alle möglichen Dinge zu erzählen. Es ist wie ein Wasserhahn, der immer weiter aufgedreht wird. Wenn der Verzauberte nicht aufpasst, gibt er seine ganze Lebensgeschichte preis, inklusive aller Geheimnisse, die eigentlich nicht für fremde Ohren bestimmt sind.

Der Plapperzauber ist ein besonders heimtückischer Zauber, aber man kann sich leicht dagegen schützen. Der wichtigste Schritt ist, sich bewusst zu machen, dass man plappert. Erst dann können Gegenmaßnahmen ergriffen werden. Mit einem energischen »Schweig still, Mund!« (Dieser Befehl kann auch nur gedacht werden!) bringt man den eigenen Redefluss zum Stillstand. Der Wasserhahn wird quasi zugedreht. Aufgepasst: Es kann immer noch etwas nachtröpfeln – und das ist dann besonders gefährlich. Der Verzauberte sollte unbedingt versuchen sich unter Kontrolle zu halten. Denn wenn jetzt der Plapperzauber mit starker magischer Energie erneuert wird, kann es sein, dass sich sämtliche Schleusen öffnen – und dann kommt alles zu Tage, was der Verzauberte verbergen wollte.

---

Onkel Theobaldus. Vor allem durfte nicht herauskommen, dass er als Geheimagent arbeitete ... Eusebius presste die Lippen aufeinander und zählte im Kopf bis hundert. Es funktionierte. Er spürte voller Erleichterung, dass der Druck zu reden nachgelassen hatte.

»Warum erzählst du nicht weiter?«, fragte Mafaldus mit säuselnd freundlicher Stimme. »Es war doch gerade so interessant. Haben deine Eltern die Weltreise gemacht? Und ist es ihrer Beziehung bekommen oder haben sie sich getrennt?«

Eusebius spürte einen heftigen Stich im Herzen. Er würde es vermutlich nie verwinden, dass seine Eltern auseinandergegangen waren, als er dreizehn war. Theobaldus hatte seinem Bruder sofort angeboten, Eusebius, der schon eine Weile bei ihm gewohnt hatte, für immer zu sich zu nehmen. Sein Vater hatte einfach keine Zeit, den Jungen angemessen zu erziehen. Er war zu viel unterwegs und immer nur ganz kurz zu Hause.

Es war eine schlimme Zeit für Eusebius gewesen; insgeheim war er überzeugt, dass er die Ursache für die Trennung seiner Eltern war. Es hatte in seiner Familie oft Diskussionen über seine Zukunft gegeben. Sein Vater tendierte – genau wie Theobaldus – zur schwarzen Magie, während seine Mutter eine geradlinige weiße Hexe war. Aber das hatte Eusebius erst viel später begriffen. Ihm waren nur die endlosen nächtlichen Streiterein im Ohr geblieben ... Eusebius' Vater hatte sich schließlich durchgesetzt und die weitere Erziehung des Jungen Theobaldus überlassen, auch weil er in seinem Bruder den besten Privatlehrer für seinen Sohn sah. Die Mutter hatte Eusebius nach der Reise noch einmal besucht, um Abschied von ihrem Sohn zu nehmen. Sie wollte sich in den Süden des Landes zurückziehen; dort lebte auch ihre Verwandtschaft, mit der sie sich sehr verbunden fühlte. Der Abschied war kurz ausgefallen. Eusebius verhielt sich bockig und verstockt, um sich nicht anmerken zu lassen, wie sehr ihn die Trennung schmerzte. Er begriff bis heute nicht, wieso seine Mutter ihn so leicht hatte aufgeben können, sie war doch seine Mutter und noch dazu eine weiße Hexe!

Manchmal fragte Eusebius sich, ob nicht noch etwas anderes hinter der Trennung seiner Eltern und dem Fortgehen seiner Mutter steckte. Vielleicht gab es ein dunkles Geheimnis in seiner Familie, von dem er keine Ahnung hatte ...

Zu seiner Mutter hatte Eusebius kaum noch Kontakt, sie

redeten vielleicht ein- oder zweimal im Jahr per Kommunikationskugel miteinander. Eusebius' Vater dagegen tauchte gelegentlich bei Theobaldus auf und Eusebius erhielt jedes Mal den Eindruck, einen äußerst beschäftigten Geschäftsmann zu sehen, der sich nicht dafür interessierte, wie es seinem Sohn wirklich ging, sondern nur wissen wollte, ob er in schwarzer Magie Fortschritte machte.

Als Eusebius dann eines Tages Leon Bredov kennenlernte, der ihm anbot sein Assistent zu werden, empfand er es als glückliche Fügung. Er beschloss diese einmalige Chance zu nutzen. Von da an begann sein Doppelleben. Leon Bredov war sehr zufrieden mit seinem neuen Schützling. Eusebius gab sich auch die allergrößte Mühe, ein guter Geheimagent zu werden, und nutzte jede Gelegenheit, etwas Neues zu lernen. Leon hielt ihn für äußerst begabt.

Dies alles hätte Mafaldus Horus sicherlich brennend interessiert, aber Eusebius behielt die Kontrolle und sagte nur:

»Ach, ich möchte Euch nicht mit meiner Geschichte langweilen. Mein Leben verläuft in sehr ruhigen Bahnen – und ich habe viel Zeit, die Bücher meines Onkels zu studieren.«

»Die Bücher?«, wiederholte Mafaldus. Seine Stimme klang aufgeregt, als habe er soeben ein Stichwort erhalten. »Welche Bücher? Über schwarze Magie?«

»Auch über schwarze Magie«, sagte Eusebius und erschauderte innerlich, als er an das Regal seines Onkels dachte, das in einer dunklen Ecke stand. »Aber hauptsächlich über Grundkenntnisse der allgemeinen Zauberei. Mein Onkel meint, ich solle mir zunächst eine solide Basis schaffen.«

»Eine sehr vernünftige Einstellung«, lobte Mafaldus den jungen Magier. »Nichts ist gefährlicher, als zu schnell zu viel erreichen zu wollen. Ich kenne etliche Zauberer, die dafür bezahlen mussten, weil sie den heraufbeschworenen Dämonen nicht gewachsen waren.«

Wieder spürte Eusebius eine Gänsehaut.

»Du scheinst ein sehr besonnener junger Mann zu sein«, fuhr Mafaldus fort. »Ich bin froh, dass du mein Begleiter bist. Theobaldus hat nicht zu viel versprochen, als er dich mir vorschlug.« Er machte eine kleine Pause. »Du wolltest wissen, wonach ich suche. Nun, ich will es dir sagen: Ich bin hinter einem sehr gefährlichen Buch her.« Seine Stimme war rau. »Hast du schon einmal vom *Namenlosen schwarzen Zauberbuch* gehört?«

*Das Namenlose schwarze Zauberbuch.* Eusebius stockte der Atem. Natürlich hatte er schon davon gehört, mehrmals sogar. An der *Magischen Universität* hatte man hinter vorgehaltener Hand über dieses Buch geredet und sich gefragt, ob es wirklich existierte oder ob es nur ein Mythos war. Und auch sein Onkel hatte einmal mit einem Besucher darüber gesprochen, flüsternd, ohne zu merken, dass Eusebius alles mithörte. Das *Namenlose schwarze Zauberbuch* war das Buch der Bücher, das mächtigste schwarzmagische Zauberbuch, das es in der Hexenwelt gab. Es existierte nur noch ein einziges Exemplar. Viele Zauberer hatten versucht es zu vernichten, doch es war keinem gelungen. Das Buch enthielt die gefährlichsten und mächtigsten Zaubersprüche, die jemals erdacht worden waren.

»Oh«, rutschte es Eusebius heraus. Er biss die Zähne zusammen, um nicht auszusprechen, was er gerade dachte.

Dieses mächtige Buch in Mafaldus' Händen – das war eine fürchterliche, ja bedrohliche Vorstellung!

# Die Liebe verleitet manche Hexe zu unklugen Handlungen

Miranda saß auf dem Bettrand. Es war stockdunkel im Zimmer, aber sie machte kein Licht. Sie hatte Eusebius' Ring über ihren Finger gestreift und berührte immer wieder den roten Stein. Eusebius hatte ja gesagt, dass das Juwel glühen würde, sobald er an Miranda dachte.

Doch da war kein Glühen, nichts. In der Dunkelheit hätte Miranda selbst das klitzekleinste Leuchten an ihrem Finger bemerken müssen.

Ihre Enttäuschung war riesengroß.

Er hatte sie vergessen. Sie war ihm wohl doch nicht so wichtig.

Eine Träne tropfte auf Mirandas Hand. Sie fühlte sich warm und feucht an. Miranda biss sich auf die Lippe. Sie wollte nicht weinen. Aber der Kummer schnürte ihr den Brustkorb zusammen.

Sie bewegte die Hand mit dem Ring. Eusebius hatte noch kein einziges Mal an sie gedacht, seit er fort war. Gut – Miranda hatte nicht ständig auf den Ring geschaut, das ging ja gar nicht. Aber oft genug. Und nie hatte der Stein geleuchtet!

»Und ich denke so oft an ihn«, murmelte sie in die Dunkelheit hinein. »Fast dauernd. Ich kann gar nicht anders. Selbst in der Schule. Dabei sollte ich mich auf Mathe konzentrieren oder auf Englisch. Ach!«

Sie vermisste Eusebius so sehr, dabei waren erst ein paar Tage vergangen, seit er sie besucht hatte. Aber wenn man jemanden mochte, wollte man ja so viel Zeit wie möglich mit demjenigen verbringen. Obwohl ... das konnte als Klammern ausgelegt werden und manche Jungs konnten Klammern absolut nicht ausstehen.

»Eusebius ist anders«, flüsterte sie und verscheuchte die Zweifel, die gerade noch an ihr genagt hatten. »Er liebt mich doch genauso wie ich ihn. Oder?«

*Oder?* Das Wort schien wie ein großes Fragezeichen durch das Zimmer zu schweben.

»Okay.« Miranda holte tief Luft, dann beugte sie sich über den Ring und küsste den Stein. Lange berührten ihre Lippen das Juwel, voller Zärtlichkeit und Sehnsucht. Als sie den Kopf hob, spürte sie, wie ihr Gesicht glühte. Eigentlich hatte sie das nicht tun wollen. Ihrem Gefühl nach hätte Eusebius den ersten Schritt machen sollen. Aber sie hielt es einfach nicht mehr länger aus.

Mindestens zehn Sekunden lang hielt sie die Augen geschlossen und zwang sich, nicht auf ihre Hand zu schauen. Dann öffnete sie langsam die Lider. *Wenn er jetzt noch immer nicht an mich denkt ... dann weiß ich nicht ...*

Vorsichtig, fast ängstlich wandte sie den Blick nach unten.

Das Juwel leuchtete in einem warmen Rot und Miranda fiel ein Stein vom Herzen.

»Eusebius«, sagte sie leise. »Ich wünschte, du wärst hier und ich könnte mit dir reden. Vielleicht könntest du mir einen Rat geben, was Nele angeht. Ich weiß nicht, ob es richtig ist, wenn ich mich in ihre Liebesangelegenheiten einmische.

## ~ Kapitel Nr. 7 ~

Aber eigentlich habe ich es ihr schon versprochen. Elena kann ich nicht fragen, sie würde es sowieso ablehnen einzugreifen, da bin ich mir sicher ... ich hätte so gern deinen Rat, Eusebius, und – du fehlst mir!«

In diesem Augenblick spürte sie, wie sich ihr *Transglobkom* meldete. *Eusebius!* Ein heißer Stich der Freude durchfuhr sie. Gleich darauf sagte sie sich, dass er es nicht sein konnte. Er war ja mit Mafaldus Horus unterwegs und hatte angekündigt, dass er sich nicht melden würde, um seinen Auftrag nicht zu gefährden.

Aber wer wollte dann mit ihr sprechen? Neugierig holte Miranda ihren *Transglobkom* aus ihrem Ausschnitt und öffnete ihn.

Eine durchsichtige Kugel stieg empor – und in ihrem Inneren erblickte Miranda Eusebius' Gesicht.

»Eusebius!«, rief sie überrascht aus.

»Schschsch, nicht so laut«, zischte er und sie sah, wie er seinen Kopf drehte. Ringsum war es stockfinster. »Ich muss vorsichtig sein«, fuhr er leise fort. »Ich glaube nicht, dass Mafaldus fest schläft. Ich habe mich aus dem Zelt geschlichen – und wenn er mich erwischt, wie ich mit dir rede ... Aber ich musste mich einfach melden, weil ich gerade ... deinen Kuss gespürt habe.« Er verstummte.

Mirandas Herz klopfte heftig. »Geht's dir wenigstens gut?«, fragte sie im Flüsterton.

Eusebius nickte. »Ja, alles in Ordnung. Mach dir keine Sorgen. Ich passe schon auf mich auf. Ich denke oft an dich, Miranda, wirklich. Aber ich muss meine Gedanken vor Mafaldus abschirmen – da kann es sein, dass das mit dem leuchtenden Stein nicht immer funktioniert. Zu dumm, aber daran habe ich vorher nicht gedacht. Trotzdem vermisse ich dich unbeschreiblich, Miranda.« Er schluckte. »Ich wünschte, ich könnte dich jetzt in den Armen halten.«

Mirandas Herz klopfte noch heftiger. Bisher war sie immer sehr schüchtern gewesen, wenn sie Eusebius umarmt hatte. Sie hatte sich nicht getraut ihn wirklich fest an sich zu ziehen. Sie war furchtbar unsicher gewesen. Doch jetzt sehnte sie sich so sehr nach ihm, sie wollte ihn festhalten und nie mehr loslassen.

»Ich kann nicht lange reden«, fuhr Eusebius mit sanfter Stimme fort. »Ich muss gleich wieder in unser Zelt zurück, bevor Mafaldus aufwacht und nachschaut, wo ich bleibe. Aber es tut so gut, dich zu sehen, Miranda. Das gibt mir neue Kraft.« Er blickte sie mit seinen blauen Augen zärtlich an.

»Es ... ist schön, dass ... dass du dich gemeldet hast«, stotterte Miranda. Sie wusste nicht recht, was sie sagen sollte. Ihr war klar, dass sie Eusebius jetzt auf keinen Fall mit ihren Problemen behelligen durfte. Er war in großer Gefahr – wie unbedeutend schien da die Sache mit Arne und Nele zu sein! Was war schon ein Tropfen Waselnussöl im Vergleich zu Eusebius' Auftrag, Leon Bredov zu helfen Mafaldus Horus festzusetzen, den gefährlichsten aller Magier! Wenn Eusebius sich durch ein unbedachtes Wort verriet, dann würde sie ihn vielleicht nie wiedersehen!

Bei diesem Gedanken stiegen Miranda die Tränen in die Augen.

»Wenn das alles vorbei ist, dann besuche ich dich«, sagte Eusebius. »Das habe ich mir fest vorgenommen. Und dann bleibe ich ein paar Tage, damit wir uns besser kennenlernen. Wir hatten bis jetzt so wenig Zeit ...«

»Ja.« Miranda spürte einen Kloß im Hals.

- Kapitel Nr. 7 -

»Jetzt muss ich leider Schluss machen«, murmelte Eusebius. »Mafaldus darf nichts merken. Ich ... ich liebe dich, Miranda.« Er sah sie mit einem so sanften Blick an, dass sie ganz weiche Knie bekam.

»Ich dich auch«, flüsterte Miranda. »Pass auf dich auf, Eusebius!«

Er nickte, spitzte die Lippen und hauchte einen Kuss in die Luft. Dann platzte die Kugel, Eusebius war verschwunden. Die Verbindung zur Hexenwelt war unterbrochen.

Miranda seufzte tief und klappte den *Transglobkom* zu. Ihre Hand zitterte, als sie das Amulett wieder in ihren Ausschnitt steckte. An ihrem Finger glühte noch immer der rote Stein des Rings.

Miranda stand auf. Sie musste unbedingt Elena erzählen, dass sich Eusebius gemeldet hatte. Außerdem wollte sie noch ein bisschen darüber reden, wie gefährlich Eusebius' Auftrag war und ob es ihm, zusammen mit Elenas Vater, gelingen würde, Mafaldus Horus endgültig in die Unterwelt zu verbannen. Miranda hatte ein schreckliches Bedürfnis, sich mit Elena zu unterhalten, und zwar jetzt! Hoffentlich war sie noch auf.

Sie klopfte an Elenas Zimmertür.

»Wer ist da?«, fragte Elena.

»Ich bin's, Miranda.«

»Komm rein.«

Miranda trat ein. Elena saß schon im Bett, ein aufgeschlagenes Buch neben sich. Sie sah Miranda an und grinste.

»Kommst du, um mir einen Gute-Nacht-Zauber zu zeigen?«

Miranda schüttelte den Kopf und setzte sich auf die Bettkante. »Eusebius hat sich gerade gemeldet.« Sie strahlte.

### Gute-Nacht-Zauberei

Zauberer und Hexen lesen ihren Kindern abends in der Regel keine Gute-Nacht-Geschichte vor, sondern zeigen ihnen einen Zaubertrick. Dazu erzählen sie, wer sich den Trick ausgedacht hat und welche Erfolge er damit gehabt hat. Auf diese Weise lernen die Kinder spielerisch berühmte Zauberer und Hexen kennen und fühlen sich dazu angeregt, selbst Zaubertricks zu erfinden und auszuprobieren.

Untersuchungen haben gezeigt, dass Hexen und Zauberer, die in ihrer Kindheit mit einer Gute-Nacht-Zauberei ins Bett gebracht wurden, bei Prüfungen besser abschneiden, selbstbewusster sind und ihr Leben erfolgreicher bewältigen.

Eine Variation der Gute-Nacht-Zauberei ist das Betthupferl. Bei diesem Spiel verwandeln sich Elternteil und Kind in zwei Springbälle und hüpfen so lange auf und ab, bis sie müde sind und genug haben. Diese Übung trainiert den Körper, sorgt für Bewegung und fördert den Gleichgewichtssinn. Die Menschen haben die Tradition des Betthupferls übernommen, allerdings in Form von Süßigkeiten. Das hat leider den gegenteiligen Effekt, macht dick und schädigt die Zähne.

Ein geschäftstüchtiger Zauberer hat überlegt den Menschen Bonbons anzubieten, die bewirken, dass man sich für fünfzehn Minuten in einen Springball verwandelt. Die Ausfuhr dieses Produkts in die Menschenwelt wurde aber vom Landeszauberamt ausdrücklich untersagt.

---

»Oh, wie schön.« Elena freute sich mit ihr. »Jetzt weißt du wenigstens, dass alles in Ordnung ist und dass es ihm gut geht.«

Miranda nickte. »Ich bin so froh!« Sie erzählte ihr Wort für Wort, was Eusebius gesagt hatte. Am Schluss zögerte sie.

»Und dann hat er noch gesagt, dass er mich liebt«, fügte sie hinzu.

»Das freut mich für dich, Miranda!«, sagte Elena. »Jungs

tun sich mit Liebeserklärungen oft so schwer ... äh ... Menschenjungs jedenfalls.«

»Eusebius ist eben anders«, meinte Miranda verträumt.

»Ich wünschte, das würde auch einmal ein Junge zu mir sagen.« Elena rückte ein Stück zur Seite, um Platz für Miranda zu machen. Miranda kroch neben sie und kuschelte sich in die Kissen. So war es richtig gemütlich ...

»Es muss ein Wahnsinnsgefühl sein, wenn man geliebt wird«, sagte Elena und starrte sehnsüchtig auf den Baldachin über ihrem Bett, auf dem unzählige Sterne funkelten.

»Aber Kevin war doch auch schon mal in dich verknallt«, erinnerte Miranda sie. »Er hat dir sogar einen Liebesbrief geschrieben, weißt du nicht mehr?«

»Doch.« Elena zog eine Grimasse. »Aber ich weiß einfach nicht, was ich von Kevin halten soll. Dass er mit seinem Freund Oliver zusammen Hexenjagd auf uns gemacht hat, kann ich einfach nicht vergessen. Und verzeihen schon gar nicht.«

»Oliver hat ihn dazu angestiftet«, erwiderte Miranda. »Allein wäre Kevin gar nicht auf die Idee gekommen. Außerdem haben die beiden Jungs die Sache längst vergessen – dank Oma Monas kleinem Vergessenszauber.«

Elena grinste. Dann wurde sie wieder ernst. »Trotzdem ... Nele hat ja behauptet, dass sich ihr Bruder ständig verliebt. Ich war wahrscheinlich nur eines von vielen Mädchen.«

»Unsinn.« Miranda schüttelte den Kopf. »Nele übertreibt. Und selbst wenn es stimmen sollte, wer sagt denn, dass sich Kevin nicht ändert? Dass er plötzlich bei einem Mädchen hängenbleibt und entdeckt, dass es seine große Liebe ist?«

Elena lachte ungläubig. »Und das soll ausgerechnet ich sein?«

- Kapitel Nr. 7 -

»Warum nicht?«, fragte Miranda. »Du bist schließlich ein ganz besonderes Mädchen.«

Elena schloss die Augen und lächelte. »Ach Miranda«, murmelte sie. »Das ist lieb von dir, aber ich glaube, ich mache mir keine Illusionen.« Dann fügte sie noch leicht frustriert hinzu: »Das mit der Liebe ist so kompliziert ...«

»In der Menschenwelt ist Mona in Sicherheit«, sagte Felicitas und schüttelte ärgerlich ihre roten Locken. »Da kannst du ihr noch so viele Drohungen schicken, Valentin. Sie lacht dich bloß aus.«

»Meine Zaubereien sind stark genug die Grenze zur Menschenwelt zu überwinden«, widersprach Valentin. Eine tiefe Falte erschien zwischen seinen Brauen und seine Augen funkelten. »Ich mag es nicht, wenn du an mir zweifelst. Warum vertraust du mir nicht?«

»Weil ich Mona kenne«, erwiderte Felicitas. »Ich war schließlich lange genug mit ihr befreundet. Sie ist eine sehr mächtige Hexe, und selbst wenn ein Ausläufer deiner Zaubereien sie erreichen sollte, dann schnippt sie nur mit den Fingern – und husch! sind deine ganzen schönen Tricks harmlos!«

»Das glaube ich nicht.« Valentin blitzte sie wütend an. »So klug ist Mona nicht. Sie rechnet bestimmt nicht damit, dass sie jetzt nach all den Jahren die Quittung für ihre Tat bekommt. Und wenn ich erst das Zauberbuch verwende, dann wird sie spüren, dass unsere Rache erbarmungslos ist. Das *Namenlose schwarze Zauberbuch* ist so mächtig, dass es die ganze Menschenwelt vernichten könnte.«

»Du solltest dir gut überlegen, was du tust«, mischte sich Jeremias ein. »Rache an Mona ist zwar grundsätzlich nicht schlecht, aber ich halte es für übertrieben, wenn du gleich die komplette Menschenwelt zerstören willst.«

Valentin zog zweifelnd die Augenbrauen hoch.

»Und eigentlich ist Mona ja schon genug bestraft, wenn sie jetzt bei den Menschen lebt«, fuhr Jeremias fort und schaute seinem Bruder fest ins Gesicht.

»Mona ist mit ihrer Tochter und ihren Enkelkindern nur deshalb in die Menschenwelt gegangen, um den guten Ruf ihrer Familie wiederherzustellen«, sagte Valentin. »Das hast du gar nicht mitbekommen. Es war ein Skandal, sage ich dir. Leon Bredov, Monas Schwiegersohn, ist wegen schwarzer Magie und Mitgliedschaft bei den *Schwarzen Zauberkutten* angeklagt und verurteilt worden. Die ganze Familie hat sowohl ihre Ehre als auch ihr Vermögen verloren – und die Zauberrichter haben Leon lebenslang in einen Grünen Leguan verwandelt. Um die Ehre der Bredovs zu retten, hat sich Mona mit ihrer Familie freiwillig ins HEXIL begeben. Sie sollen die Forschungen über die Menschen auf den neuesten Stand bringen. Angeblich wollen sie fünf Jahre im HEXIL bleiben ...«

Jeremias war hellhörig geworden. »Enkelkinder, sagst du?« Er begann zu strahlen. »Ich habe wirklich Enkelkinder? Habe ich das eben richtig gehört? Das ist ja großartig! Wie viele denn?«

»Drei, wenn ich mich nicht irre«, antwortete Valentin und ignorierte, dass Felicitas ihn schon die ganze Zeit am Ärmel zupfte. »Zwei Mädchen und ein kleiner Junge. Ich glaube, eines der Mädchen heißt Elena oder so ähnlich.«

»Drei Enkelkinder.« Jeremias lächelte glücklich. »Dann

## ~ Kapitel Nr. 7 ~

habe ich eine richtig große Familie. Beim Orkus, ich kann es gar nicht fassen, dass mein Baby geheiratet und selbst schon Kinder bekommen hat ...«

»Jetzt lass mich doch mal in Ruhe, Felicitas!«, schnaubte Valentin und riss seinen Arm hoch. »Was soll denn dieses andauernde Gezupfe? Das macht mich nervös! Also, was ist?«

»Du bist nicht auf dem aktuellen Kenntnisstand, was die Familie Bredov angeht.« Felicitas setzte eine überlegene Miene auf. »Hast du nicht das Gerücht gehört, dass Leon Bredov gar kein Leguan mehr ist? Angeblich war die ganze Sache nur inszeniert. Leon soll in Wirklichkeit ein Geheimagent der Zauberregierung sein.«

»Ein Geheimagent?« Valentin lachte laut. »Woher hast du denn diesen Unsinn? Das glaube ich nie und nimmer.«

Felicitas sah beleidigt aus. »Aber ich weiß es aus sicherer Quelle!«

»Aus sicherer Quelle? Vermutlich von deinen Freundinnen, mit denen du immer den neuesten Klatsch austauschst?«, spottete Valentin. »Wenn wirklich etwas an der Sache dran wäre, dann hätte ich es längst erfahren.«

»Wie du meinst«, sagte Felicitas kalt. In ihren Augen flammte der Zorn. »Ich wollte es dir nur sagen. Sozusagen als Warnung. Wenn Leon tatsächlich ein Geheimagent ist, dann könnte er uns eventuell Ärger machen. Er ist bestimmt nicht begeistert darüber, wenn seiner Schwiegermutter etwas zustößt. Wir sollten auf alle Fälle vorsichtig sein und die Sache wie einen Unfall aussehen lassen. Ich habe da auch schon eine Idee.«

»Und die wäre?«, fragte Valentin ungeduldig, während sich Jeremias schon wieder einmischte.

– Kapitel Nr. 7 –

»Ich möchte lieber erst einmal mit Mona reden. Wir sollten ihr eine Chance geben, alles zu erklären. Ich kann bis heute nicht verstehen, warum sie sich so verändert hat nach unserer Hochzeit.«

Valentin schnaubte. »Du bist wirklich unbelehrbar, Jeremias. Mona ist ein Miststück, durch und durch. Glaube mir, ich kenne sie gut.«

»Du kennst meine Frau?« Jeremias war erstaunt. »Das ist mir neu, und woher?«

Valentin und Felicitas tauschten einen Blick.

»Na ja, das war damals auch eine unschöne Geschichte«, sagte Valentin. »Ich war ungefähr zwei Jahre mit Mona zusammen. Ich weiß nicht, wie sie es angestellt hat und warum ich auf sie reingefallen bin. Wahrscheinlich hat sie einen starken Liebeszauber angewandt, sie hat ja keine Skrupel, so etwas einzusetzen. Ich war jedenfalls wie verblendet.«

»Du und Mona, ihr wart ein Paar?«, fragte Jeremias verblüfft.

Valentin nickte. »Ja, das war aber, bevor du Mona kennengelernt hast. Als du mir dann erzählt hast, dass du eine tolle Frau getroffen hast, und ich bei deinen Beschreibungen ahnte, dass es sich um Mona handeln musste, wollte ich dich nicht beunruhigen. Für mich war die Sache ja lange vorbei und du warst so verliebt in sie ... Ich war überzeugt, dass du bald selbst herausfinden würdest, wie Mona in Wirklichkeit ist.«

Jeremias schnappte nach Luft. Er hatte sich von der Überraschung noch immer nicht erholt. Sein Blick wanderte zu Felicitas.

»Und du? Hast du auch davon gewusst?«

Felicitas druckste kurz herum, bevor sie antwortete. »Ja,

ich war ja zu jener Zeit Monas beste Freundin. Sie hat mir immer alles erzählt. Wir hatten keine Geheimnisse voreinander – jedenfalls bevor es zu unserem großen Streit gekommen ist.«

»Und warum habt ihr euch gestritten?«, wollte Jeremias wissen.

»Ach, das ist eine komplizierte Geschichte, die erzähle ich dir lieber ein anderes Mal«, wich Felicitas aus. »Mein Vorschlag ist, Mona hierher ins Schwefelgebirge zu locken. Niemand wird merken, wenn wir uns an ihr rächen. Hier ist ein sicherer Ort! Und selbst wenn Leon irgendwann seine Schwiegermutter vermisst, dann wird er uns nicht gleich auf die Schliche kommen. Es gibt eintausendundeine Möglichkeiten, warum Mona verschwunden sein könnte.«

»Felicitas, Liebes, das ist eine wirklich gute Idee«, sagte Valentin und küsste die Hexe auf ihre welke Wange. »Und kannst du uns vielleicht auch verraten, unter welchem Vorwand wir Mona hierherlocken? Dann wärst du ein Genie!«

»Kann ich, mein Lieber, also …«, entgegnete Felicitas und machte eine Pause, um die beiden Zauberer ein bisschen auf die Folter zu spannen, »… ich werde ihr eine Nachricht schicken und ihr sagen, dass es doch albern ist, unsere Feindschaft weiter aufrechtzuerhalten. Schließlich waren wir einmal beste Freundinnen. Nach vierzig Jahren sollten wir unseren Streit endlich beilegen und uns versöhnen.« Sie schaute triumphierend in die Runde. »Na, was meint ihr?«

Valentin zögerte. »Und wenn sie nicht auf deinen Vorschlag eingeht, Felicitas? Wenn sie merkt, dass es nur eine Falle ist?«

»Sie wird kommen, verlass dich drauf.« Felicitas lachte siegessicher. »Ich kenne Mona fast so gut wie mich selbst. Ich

## - Kapitel Nr. 7 -

werde die Botschaft so abfassen, dass sie sich sofort auf die Reise macht. In weniger als achtundvierzig Stunden wird sie hier sein, wetten?«

Valentin zog die Augenbrauen hoch. »Wenn du Recht hast, Felicitas, dann heirate ich dich!«

Felicitas schenkte ihm nur ein müdes Lächeln. »Ach, Valentin«, seufzte sie. »Vor vierzig Jahren hättest du mich mit so einem Antrag unendlich glücklich gemacht. Aber inzwischen ist es mir nicht mehr wichtig, ob wir verheiratet sind oder nicht. Ich habe mit diesem Thema abgeschlossen.«

»Wie du meinst.« Valentin wirkte leicht enttäuscht, fasste sich aber gleich wieder. »Nun denn. Dann lasst uns einen Versuch starten!«

Mona las zum zweiten Mal den Brief, den sie am Morgen in ihren roten Hausschuhen gefunden hatte. Sie hatte keine Ahnung, wie er dorthin gekommen war. Normalerweise kam die Post aus der Hexenwelt durch die Kaminklappe, die sich im Keller befand.

*Liebste Mona,*
*sicher wunderst Du Dich, dass Du nach all den Jahren von mir hörst. Ich denke in der letzten Zeit oft an Dich. Wir sind ja inzwischen einige Jahrzehnte älter geworden – und weiser, hoffe ich. Wir waren einmal beste Freundinnen und haben viel zusammen erlebt. Das war eine sehr schöne Zeit, an die ich gern zurückdenke. Wir haben uns all unsere Geheimnisse erzählt, verbotene Zaubersprüche ausprobiert und uns gegenseitig unterstützt, wenn eine die andere gebraucht hat.*
*Ich hatte nie wieder eine Freundin wie Dich, liebe Mona. Deswegen bedauere ich es aufrichtig, dass es damals zu dem*

*großen Streit gekommen ist. Oh, wie war ich damals jung und unerfahren! Und meine Hormone haben verrücktgespielt, so dass mein Verstand leider ausgesetzt hat und ich unüberlegte Dinge getan habe. Ich weiß, dass Valentin Deine große Liebe war, und es ist unverzeihlich, dass ich ihn Dir ausgespannt habe. Kannst Du mir trotzdem verzeihen, Mona? Ich wünsche es mir so sehr!!!!*

*Wir wissen nicht, wie viel Zeit uns noch bleibt, Mona. Manche Hexen werden außergewöhnlich alt. Andere sterben schon in unserem Alter. Es wäre schade, wenn wir aus der Welt scheiden würden, ohne uns versöhnt zu haben. Findest Du das nicht auch, liebe Mona, Du beste aller Freundinnen? Ich möchte so gern, dass wir uns treffen und uns aussprechen. Vielleicht kannst Du mir dann verzeihen.*

*Ich weiß nicht, wo dieser Brief Dich erreicht. Ich versehe ihn mit einem starken Finde-Zauber und hoffe, dass er heil bei Dir ankommt! Ich bin zurzeit im Schwefelgebirge, um dort seltene Gesteinsbrocken zu sammeln. Komm doch zu mir! Der Brief wird Dir den Weg weisen. Im Gebirge sind wir ungestört und haben viel Zeit, um uns auszusprechen und um vielleicht auch unsere alte Freundschaft wieder aufleben zu lassen.*

*Ich freue mich auf Dich, Mona. Ehrlich!*
*Tausend Küsse von Deiner alten, reuigen Freundin*
*Felicitas*

Mona ließ den Brief sinken und atmete tief durch. Sie wusste nicht recht, was sie von dem Schreiben halten sollte. Im ersten Augenblick hatte sie den Brief zerreißen wollen, weil in ihr der Hass auf ihre ehemalige Freundin emporgestiegen war. Aber dann hatte sie ihn doch zu Ende gelesen.

~ Kapitel Nr. 7 ~

Jetzt starrte sie nachdenklich vor sich hin. Im Geist sah sie eine junge Frau vor sich, den Kopf mit den knallroten Locken, das Gesicht voller Sommersprossen und die leuchtend grünen Augen ... Felicitas, die Tochter des Zauberers Ägidius Grausum. Sie und Mona waren fünf Jahre zusammen zur Schule gegangen und hatten gemeinsam das Hexendiplom abgelegt. Mona erinnerte sich noch so genau an den Tag, als wäre er erst gestern gewesen. Felicitas hatte zuerst die Prüfung ablegen müssen. Sie war schrecklich nervös gewesen. Mona hatte ihre kalte Hand gehalten und ihr gut zugeredet. Natürlich hatte Felicitas die Prüfung bestanden, sie war eine hervorragende Hexe. Aber Mona hatte eine ebenso gute Leistung erbracht. Beide waren sie mit der »Silbernen Spinne« ausgezeichnet worden. Sie waren gemeinsam vor den Zuschauern gestanden und hatten sich an den Händen gehalten, glücklich und froh alles gut überstanden zu haben. Zu jenem Zeitpunkt hatten sie beide geglaubt, dass ihre

### Finde-Zauber

Der Gegenstand, der eine bestimmte Person erreichen soll, wird mit einem Finde-Zauber versehen. Gleichzeitig wird festgelegt, in welchem Umkreis gesucht werden soll. Befindet sich die gesuchte Person innerhalb von zehn Kilometern, so ist der Zauber einfach. Je größer das Gebiet ist, desto stärker muss der Zauber sein.

Schwierig wird es, wenn sich die Person irgendwo im Land aufhält und man keine genauen Angaben über den ungefähren Ort hat.

Dann ist es nötig, den Finde-Zauber mit detaillierten Landkarten zu verbinden, damit die Informationen übertragen werden (sogenanntes *Intelligentes Suchen!*). Auf diese Weise wird vermieden, dass sich der Gegenstand nur immer im Kreis bewegt oder bestimmte Regionen völlig auslässt.

Freundschaft ewig währen würde und nichts im Leben sie trennen könnte.

Mona spürte einen wehmütigen Stich im Herzen, als sie daran dachte.

Nach Abschluss der Schule hatten sie einander aus den Augen verloren. Ägidius Grausum hatte seine Tochter nicht gleich an die *Magische Universität* geschickt, sondern er hatte gewollt, dass sie zunächst einige praktische Erfahrung sammelte. Daher hatte Felicitas anderthalb Jahre im Süden des Landes als *Au-pair-Hexe* gearbeitet.

In jener Zeit hatte sie lange sehnsüchtige Briefe an Mona geschrieben, die bereits studierte. Felicitas besaß damals keine Kommunikationskugel, so dass sie nicht miteinander reden konnten. Mona erinnerte sich genau, wie sehr Felici-

### Au-pair-Hexe

Nach der Schulzeit suchen sich junge Hexen gern einen Job als *Au-pair-Hexe*, um Erfahrungen zu sammeln. Sie nehmen dazu auch eine weite Reise in Kauf, weil sie Abstand vom Elternhaus bekommen und lernen wollen, auf eigenen Beinen zu stehen. Gewöhnlich kommen sie in einer Gastfamilie unter und kümmern sich dort um Kinder und Haushalt. Von der Hausherrin können sie einige Alltagszaubereien lernen, wie beispielsweise den *Suppenzauber* (Sammelausdruck für einfache Hexereien innerhalb des Haushalts. Es handelt sich um Dinge, die jede Hexe normalerweise im Schlaf erledigen kann.):

✴ *Wasser zum Kochen bringen*
✴ *Flecken aus der Wäsche entfernen*
✴ *Fenster reinigen*
✴ *den Boden fegen oder staubsaugen*
✴ *Staub wischen*
✴ *Knöpfe annähen und Löcher stopfen*
✴ *Geschirr spülen*

tas in ihrer Gastfamilie gelitten hatte. Die vier Kinder, die sie betreuen musste, waren allesamt unglaublich schwierig gewesen. Sie besaßen außergewöhnlich starke Zauberkräfte und hielten sich an keinerlei Regeln. Felicitas hatte ihre liebe Not mit ihnen. Es war fast unmöglich, die wilden vier zu bändigen.

Aber noch mehr litt Felicitas unter dem Hausherrn, der ihr nachstellte. Das schlimmste Erlebnis war der Fesselungszauber gewesen, mit dem er sie alle paar Tage belegte, um sie dann nach Herzenslust zu küssen. Zum Glück war Felicitas dann auf die Idee gekommen, *Zehenzauberei* anzuwenden, um sich aus der misslichen Lage zu befreien. Schließlich war sie bei Nacht und Nebel aus dem Haus geflohen und hatte ganz allein die weite Heimreise über den halben Kontinent angetreten. Wochenlang war Felicitas verschollen gewesen und weder Mona noch sonst jemand hatte eine Nachricht von ihr erhalten. Später hatte Felicitas ihr dann erzählt, dass sie eine Zeit lang für sich hatte sein müssen, um all ihre Erlebnisse zu verarbeiten.

Eines Tages war Felicitas in der *Magischen Universität* aufgetaucht. Die beiden Freundinnen waren sich weinend in die Arme gefallen. Mona hatte schon befürchtet, dass ihrer Freundin etwas zugestoßen war und sie Felicitas nie wiedersehen würde.

Felicitas hatte dann auch zu studieren angefangen, aber sie hatte andere Kurse und Vorlesungen belegt als Mona. Außerdem hatte Mona schon das Grundstudium hinter sich und befand sich im Hauptstudium. Deshalb gab es nur wenige gemeinsame Veranstaltungen. Bei einer Exkursion in die Schwefelberge lernte Mona dann Valentin Cascadan kennen, in den sie sich sofort verliebte. Der gut aussehende junge Zauberer versprach der Mann ihrer Träume zu sein. Sie verstanden sich auf Anhieb und Mona fühlte eine Anziehungskraft wie noch nie. Am letzten Tag der einwöchigen Exkursion küssten sie sich zum ersten Mal. Bald darauf waren sie ein festes Paar.

Mona hatte nun weniger Zeit für Felicitas, weil sie sich abends oft mit Valentin traf. Anfangs gingen sie auch einige Male zu dritt aus, aber Mona hatte den Eindruck, dass es zwischen Felicitas und Valentin einige Spannungen gab. Felicitas gestand Mona auf Nachfrage, dass sie Valentin nicht besonders gut leiden konnte. Sie fand ihn arrogant, überheblich und selbstverliebt; er war einfach nicht ihr Typ.

»Die Geschmäcker sind eben verschieden«, hatte Felicitas damals gemeint und gelacht.

»Auch gut«, hatte Mona geantwortet, ohne beleidigt zu sein, denn Felicitas war schließlich ihre beste Freundin. »Dann kommen wir uns wenigstens nicht in die Quere, was Männer angeht.«

Eigentlich hatte das nur eine spaßige Bemerkung sein sollen. Mona wäre nie auf die Idee gekommen, dass sich Freundinnen in denselben Mann verliebten und dann zu Rivalinnen wurden. Der Gedanke war ihr völlig fremd. Denn es verstand sich doch schließlich von selbst, dass man vom Freund der Freundin die Finger ließ!

Aber gerade das schien Felicitas anders zu sehen. Mona fiel aus allen Wolken, als Valentin nach zwei Jahren mit ihr Schluss machte und ihr gestand, er habe sich unsterblich in Felicitas verliebt und sie sich in ihn. Mona war tiefunglücklich. Sie wusste nicht, was mehr wehtat – den Geliebten zu verlieren oder dass sie von ihrer besten Freundin betrogen worden war.

## - Kapitel Nr. 7 -

Es hatte einen heftigen Streit zwischen ihr und Felicitas gegeben. Felicitas wies alle Vorwürfe von sich; es sei eben einfach passiert, wie sie behauptete. Daraufhin schrie ihr Mona ins Gesicht, dass sie sie nicht wiedersehen wollte – nie mehr!

»Geh mir bloß aus den Augen!«

»Gerne«, war Felicitas' patzige Antwort gewesen und danach war sie mit einem lauten Knall verschwunden.

Mona aber hatte sich drei Tage lang die Augen ausge-weint, bis sie keine Tränen mehr gehabt hatte. Danach hatte sie sich feierlich geschworen sich in Zukunft von keinem Mann mehr das Herz brechen zu lassen. Und auch mit Freundinnen würde sie vorsichtiger sein und einer Frau nie mehr alle Geheimnisse anvertrauen.

Ein paar Wochen nach diesem Schwur hatte Mona Jeremias kennengelernt. Er war ein ganz anderer Typ als sein Bruder, ruhiger, verlässlicher. Es war rührend, wie er sich um sie bemühte. Obwohl sich Mona nicht sicher war, ob sie ihn liebte, beschloss sie seinem Werben nachzugeben und ihn zu heiraten. Und bald darauf war sie mit Jolanda schwanger ...

An diesem Punkt brach Mona die Rückblende in die Vergangenheit ab und blickte wieder auf den Brief. Sollte sie glauben, dass Felicitas ihre Tat wirklich bereute? Durfte sie der Frau trauen, die sie so hintergangen hatte?

Mona faltete den Brief zusammen und legte ihn zur Seite. Sie musste gründlich darüber nachdenken, was sie tun sollte.

»Leon kommt heute Abend vorbei«, sagte Jolanda, während sie einige Teller aus dem Küchenschrank nahm und anfing den Tisch zu decken.

»Ach?« Mona zog die Augenbrauen hoch. »Lässt er sich auch mal wieder blicken. Welche Ehre! – Beim Orkus, ich kann es einfach nicht mit ansehen, wie umständlich du den Tisch deckst! Warum zauberst du nicht?« Sie schnippte mit den Fingern.

Die Teller glitten wie von selbst aus dem Schrank, schwebten durch die Luft und stellten sich ordentlich auf den Tisch. Es folgten Gläser und Besteck, rote Servietten, Kerzenhalter und Kerzen, während Jolanda die Arme verschränkte und mit gerunzelter Stirn dem Zauber zusah.

»So«, meinte Mona, als alles auf dem Tisch stand. »Das ist doch viel besser. Es gefällt mir gar nicht, wie du immer die Sitten der Menschen nachahmst, Jolanda. Es fehlt wirklich nicht mehr viel und du hast vollkommen vergessen, dass du eine Hexe bist. – Hach, wie ich dieses HEXIL inzwischen satthabe! Diese langweiligen Menschen!«

»Und ich habe es satt, dass du dich immer in alles einmischst, was ich tue«, schrie Jolanda, nahm einen Teller vom Tisch und schmetterte ihn auf den Boden, wo er klirrend zerbrach. Die Scherben sprangen nach allen Seiten. »Nichts kann ich dir recht machen, gar nichts. Niemals! Das habe ich auch satt, satt, satt!«

Elena, die gerade zur Tür hereinkam, zuckte erschrocken zurück. Es kam selten vor, dass ihre Mutter Mona anbrüllte. Genau genommen sogar sehr, sehr selten.

»Es ist kindisch, wie du dich verhältst, Jolanda«, sagte Mona ungerührt. Sie bewegte sachte den Zeigefinger. Die Scherben setzten sich wieder zu einem Teller zusammen, der zurück auf den Tisch schwebte. »Aber ich nehme es dir nicht übel. Es sind bestimmt die Hormone, die dich so durcheinanderbringen. Kommst du vielleicht langsam in die Wechseljahre, Kindchen?«

Jolanda presste die Lippen zusammen und rückte den Teller zurecht, obwohl er schon perfekt auf seinem Platz stand.

Mona stieß die Luft aus. »In Ordnung, Jolanda«, meinte sie und ihr Tonfall klang erstaunlich friedlich. »Ich weiß, was du sagen wolltest. Leon kommt heute Abend – und ich soll mich zusammennehmen.« Sie hob die Hand zum Schwur. »Ich verspreche dir, dass ich nicht mit ihm streiten werde. Jedenfalls werde ich nicht damit anfangen. Wenn er es tut, dann werde ich mich jedoch verteidigen, das darf ich wohl noch, oder?«

»Du bist unmöglich, Mutter«, zischte Jolanda und machte sich an den Servietten zu schaffen.

»Und ich werde Leon nicht provozieren und auch nicht über ihn lästern«, fuhr Mona fort und senkte ihre Hand wieder. »Mehr kann ich nicht versprechen. Übrigens merke ich, dass ich dir auf die Nerven gehe. Dann bist du sicher froh zu hören, dass ich eine kleine Reise machen werde. Schon morgen. Wie lange ich wegbleibe, weiß ich noch nicht.« Sie setzte sich an den Tisch, zog die Schachtel mit den Zigarillos aus ihrer Rocktasche hervor und wollte sie öffnen. Doch dann unterließ sie es und steckte die Schachtel zurück. »Ach so, ich darf ja hier nicht rauchen.« Mit diesen Worten ging sie Richtung Terrasse.

»Was ist denn mit Oma los?«, fragte Elena.

Jolanda zuckte die Achseln. »Keine Ahnung.« Sie drehte sich um und blickte Elena an. »Weißt du, ich habe es aufgegeben, mir über sie den Kopf zu zerbrechen. Jetzt schau nicht so verdattert, sondern freu dich lieber! Papa kommt nämlich heute Abend!«

»Papa kommt!«, wiederholte Elena strahlend und machte einen Hüpfer. »Toll! Wann kommt er denn?«

»Er will rechtzeitig zum Abendessen da sein«, antwortete Jolanda. »Er hat mich vorhin auf dem *Transglobkom* angerufen. Hoffentlich sind die Hähnchen bis dahin fertig.« Sie warf einen besorgten Blick in Richtung Backofen.

Elena freute sich riesig, dass ihr Vater sie besuchen würde. Sie hatte immer so viele Fragen an ihn – und jedes Mal war nicht genügend Zeit, dass er alle beantworten konnte. Elena hätte auch zu gern gewusst, was er als Geheimagent eigentlich alles tun musste, aber darüber erzählte Leon leider nur wenig.

»Kann ich dir helfen?«, fragte Elena ihre Mutter. »Soll ich einen Salat machen oder so?«

Bevor Jolanda etwas erwidern konnte, wurden im Wohnzimmer Stimmen laut. Jolanda wurde blass und dann rot.

»Beim Orkus«, sagte sie. »Ich glaube, Leon ist schon da – und Mona streitet sich wieder mit ihm.«

Elena drehte sich um und lief ins Wohnzimmer.

Ihr Vater stand mitten im Raum. Er sah prächtig aus mit seinem weiten schwarzen Umhang, auf dem ein silberner Besatz glänzte. Als er Elena hörte, wandte er sich um und breitete die Arme aus.

»Elena!«

»Papa!«

Elena warf sich an seine Brust. Leon drückte sie kurz fest an sich, dann ließ er sie los. Er lachte übers ganze Gesicht.

»Du bist seit dem letzten Mal noch hübscher geworden, Elena!«

## - Kapitel Nr. 7 -

Elena wurde rot. Das sagte ihr Vater bestimmt nur, um ihr zu schmeicheln. Sie bildete sich nicht ein, dass sie besonders hübsch war. Miranda dagegen war bildschön mit ihren hellblonden Haaren und den hellen blauen Augen. Sie sah aus wie eine Elfe.

»Wie lange bleibst du, Papa?«, fragte Elena dann. »Hoffentlich musst du nicht gleich wieder fort.«

»Ich werde erst morgen Mittag wieder reisen«, sagte Leon. »Wir haben also den ganzen Abend und auch den Vormittag für uns.«

Elena fand das wieder viel zu kurz, zumal sie ja am nächsten Vormittag zur Schule musste. Außer, Jolanda rief im Schulsekretariat an und meldete sie krank.

»Was ist eigentlich bei euch passiert, sagt mal?«, wollte Leon wissen. »Warum hat der Baum im Garten gebrannt?«

»Wenn wir das wüssten, wären wir schlauer«, sagte Mona. »Ich vermute, dass es ein dummer Scherz von Daphnes Hexenfreunden war, obwohl sie das ja abstreitet. Das Wildschwein war allerdings ein ziemlich starkes Stück.«

Elena nickte heftig. Sie erinnerte sich mit Grausen an den Vorfall.

»Das klingt schrecklich«, meinte Leon. »Wäre ich da gewesen, wäre dieses Wildschwein mit einem Blitz verschwunden!«

»Du glänzt ja meistens mit Abwesenheit«, bemerkte Mona spitz. »Das Wildschwein hätte schon sehr viel Glück haben müssen, um dich hier anzutreffen. – Ich geh jetzt meinen Zigarillo rauchen.«

Sie öffnete die Terrassentür und trat ins Freie.

»Und was ist mit dir, Elena?«, fragte Leon. »Geht's dir gut? Kommst du in der Schule zurecht? Oder möchtest du lieber wieder in die Hexenwelt zurück?«

~ Kapitel Nr. 7 ~

Das waren mehrere Fragen auf einmal.

»Du weißt doch, Paps, dass Miranda und ich hier sehr gute Freundinnen gefunden haben.« Elena lächelte. »Aber die Schule ist manchmal ziemlich langweilig. Ich frage mich, wozu ich das ganze Zeug lernen muss, wenn ich doch irgendwann in die Hexenwelt zurückkehren werde.«

»Lernen hält das Gehirn fit«, sagte Leon. »Ich musste bei meiner Ausbildung als Geheimagent auch vieles lernen, das mich zunächst gar nicht interessiert hat.«

»Paps, wie ist das eigentlich?«, wollte Elena wissen. »Welche Voraussetzungen muss man denn mitbringen, um Geheimagent zu werden?«

»Spielst du etwa mit dem Gedanken, Geheimagentin zu werden, Elena?« Leon sah seine Tochter fragend an.

»Ich weiß noch nicht«, erwiderte Elena. »Vielleicht. Ich stelle es mir jedenfalls ziemlich spannend vor.«

So ein Beruf wäre sicherlich sehr aufregend. Aber ob sie den Mut dazu hätte? Irgendwie reizte sie der Gedanke schon. Sie stellte sich vor, wie sie und Miranda in wichtiger Mission unterwegs wären. Doch Miranda wollte ja lieber Diplomatin werden, das hatte sie schon seit langem beschlossen. Allerdings war ja auch Eusebius Geheimagent. Es konnte daher gut sein, dass Miranda ihre Meinung noch änderte.

Elena hakte sich bei ihrem Vater unter. Sie war einfach glücklich, dass er wieder einmal da war. Gemeinsam spazierten sie in die Küche, wo Jolanda gerade einen Blick in die Bratröhre warf. Es roch verlockend nach knusprigen Brathähnchen. Leon umarmte seine Frau und küsste sie. Jolanda schmiegte sich an ihn.

»Schön, dass du hier bist, Leon!«

»Liebes, es tut mir leid, dass ich euch so wenig Zeit schenken kann, glaub mir, mir fällt es auch nicht leicht ...«, sagte Leon. »Es wird bestimmt irgendwann besser, so dass ich öfter zu Hause bin. Aber solange Mafaldus Horus auf freiem Fuß ist, muss ich praktisch auf Abruf zur Verfügung stehen.«

»Das verstehe ich ja.« Jolanda seufzte. »Auch wenn es mir manchmal sehr schwerfällt, dich gehen zu lassen.«

»Was hältst du von den Vorfällen bei euch, Jolanda?«, fragte Leon und wechselte das Thema. »Denkst du auch, dass es harmlose Streiche von Daphnes Freunden sind?«

Jolanda verzog das Gesicht. Sie schüttelte den Kopf. »Ich fürchte nicht, das macht mir Angst«, gestand sie. »Ich glaube, dass es Warnungen sind, die unserer Familie gelten. Entweder dir, weil du Geheimagent bist – oder meiner Mutter. Sie hat eine Menge Feinde, auch wenn sie nichts davon wissen will.«

»Mona ist eben sehr ... speziell«, sagte Leon.

»Sie ist eine absolut schwierige Person und hat überhaupt kein Einfühlungsvermögen«, sagte Jolanda bitter.

Das waren ziemlich harte Worte, aber Elena fand, dass sie Recht hatte.

»Ich glaube auch, dass die Anschläge eher Mona gelten«, sagte Leon, legte seinen Umhang ab und ließ ihn nach draußen zur Garderobe schweben. »Aber selbst wenn sie es sicher wüsste, würde sie es nie offen zugeben. Dafür ist sie viel zu stolz.«

»Vielleicht will sie deswegen verreisen«, murmelte Jolanda halblaut.

»Sie will verreisen?«, fragte Leon nach.

»Ja.« Jolanda nickte. »Sie behauptet, dass ihr das HEXIL auf die Nerven geht und dass sie dringend etwas Abwechslung braucht. Morgen früh will sie aufbrechen.«

Leon lächelte Jolanda an. »Dann haben wir einen wunderbaren Vormittag für uns.«

»So sehe ich das auch«, sagte Jolanda. »Ich werde meine Mutter bestimmt nicht von ihrer Reise abhalten. – Weißt du was, Leon? Ich rufe jetzt gleich in der Zeitungsredaktion an und sage, dass ich mir morgen Vormittag freinehme.«

»Tu das, mein Liebling«, meinte Leon.

Jolanda verließ die Küche und ging zum Telefon, das im Wohnzimmer stand. Elena setzte sich neben ihren Vater auf die Eckbank. Das Thema »Geheimagent« beschäftigte sie ...

»Paps, wie könnte ich mich denn darauf vorbereiten, Geheimagentin zu werden?«, wollte sie wissen.

»Nun, das Wichtigste ist, dass man körperlichen und nervlichen Belastungen gewachsen ist«, sagte Leon. »Ausdauer spielt eine große Rolle. Du solltest anfangen zu joggen, Elena, das kann nicht schaden. Wir Magier haben zwar den Vorteil, dass wir uns verwandeln können und weite Strecken beispielsweise als Vogel oder als Wolf zurücklegen können. Aber auch dazu benötigst du Kraft. Wenn du nicht fit bist, dann geht dir bald die Puste aus.«

»Also Ausdauertraining.« Elena verzog unwillkürlich das Gesicht. Sport war nicht gerade ihre große Leidenschaft. Aber das war wahrscheinlich eine Sache der Gewohnheit. Wenn man regelmäßig trainierte, fiel es einem nicht mehr so schwer. Nur der Anfang war hart.

»Okay«, sagte sie. »Ich werde gleich morgen damit beginnen. Vielleicht macht Miranda mit, dann ist das Laufen nicht so langweilig.«

»Sehr gut«, lobte Leon sie. »Entschlossenheit ist übrigens auch eine Eigenschaft, die Geheimagenten brauchen.«

# Wer lange zögert, wird nie ein guter Zauberer!

Obwohl es am Abend zuvor spät geworden war, stand Elena um sechs Uhr früh auf, wie sie es mit Miranda verabredet hatte. Ihr war es ernst mit ihrem Vorsatz, Sport zu treiben. Miranda hatte sich sofort bereit erklärt mitzumachen.

»*Mens sana in corpore sano*«, hatte sie gesagt. »In einem gesunden Körper ruht ein gesunder Geist. Sport beflügelt das Denken und das kann ich genauso gut gebrauchen wie du.«

Es war noch finster, als die beiden Mädchen auf die Straße traten und in mäßigem Tempo zu laufen anfingen.

»Deine Oma ist übrigens schon weg«, erzählte Miranda unterwegs. »Ich musste nachts aufs Klo, da habe ich gesehen, wie sie einen Koffer durch den Gang gezerrt hat. Und als ich danach an ihrem Zimmer vorbeikam, war sie bereits fort.«

Elena keuchte ein wenig. Es fiel ihr schwer, gleichmäßig zu laufen und sich dabei zu unterhalten. »Wie konntest du sehen, dass sie nicht im Zimmer war? Hast du die Tür aufgemacht?«

Miranda schlich sich manchmal in Monas Zimmer, weil Elenas Großmutter sehr interessante Bücher besaß. Elena hatte immer ein unbehagliches Gefühl dabei.

»Ich habe die Tür nur einen kleinen Spalt aufgemacht«,

sagte Miranda. »Ich hatte schon geahnt, dass sie nicht mehr da ist.«

»Ohne sich richtig zu verabschieden.« Elena schüttelte den Kopf. »Das ist typisch für meine Oma.«

»Kommt dir ihre plötzliche Reise nicht komisch vor?«

»Nein, warum?«

»Also, ich vermute, dass es einen Zusammenhang zwischen den Anschlägen und Monas Reise gibt«, sagte Miranda. »Vielleicht fühlt sie sich hier nicht mehr sicher und will sich lieber irgendwo verstecken.«

»Oder sie weiß, wer es war, und will es ihm heimzahlen«, entgegnete Elena. Sie blieb stehen und krümmte sich.

»Was ist los? Warum läufst du nicht weiter?«, fragte Miranda.

»Ich habe Seitenstechen.«

»Dann hast du falsch geatmet. Komm, wir gehen langsam im Schritt weiter.«

Elena gehorchte, trotzdem tat ihr Bauch weiterhin weh.

»Eigentlich mache ich mir ja keine Sorgen um sie«, fuhr Miranda fort. »Mona kann gut auf sich selbst aufpassen. Aber interessieren würde es mich schon, warum sie so plötzlich aufgebrochen ist.«

»Wenn sie zurückkommt, wird sie es uns sicher erzählen«, meinte Elena.

»Wollen wir wieder laufen?« Miranda sah sie auffordernd an. »Ganz langsam?«

Elena nickte und fing wieder an zu traben. Es war so anstrengend. Sie hatte das Gefühl, dass ihre Füße schwer wie Blei waren, dabei waren sie noch nicht einmal besonders weit gelaufen, nur drei Straßen entlang. Ihr Herz hämmerte gegen die Rippen und sie überlegte, ob es irgendeinen Zauberspruch gab, mit dem man sich das Training ein wenig einfacher machen konnte.

»Das nennt man Doping«, sagte Miranda.

»Uhhh, wie fies!« Elena blieb stehen. Sie musste verschnaufen. »Du hast ... meine Gedanken ... gelesen ...«

»Nur aus Versehen, ich schwör's«, sagte Miranda. »Ich wollte bestimmt nicht schnüffeln. Ich war nur so entspannt – da sind mir deine Gedanken von ganz allein entgegengekommen.«

Elena runzelte die Stirn, aber sie glaubte Miranda.

»Wenn du keine Lust mehr hast zu laufen, dann können wir auch umdrehen«, bot Miranda ihr an. »Man muss es ja nicht gleich am ersten Tag übertreiben.«

»Okay.« Elena war froh über Mirandas Vorschlag. Die beiden Mädchen kehrten um. Elena hatte am Abend zuvor noch mit ihrer Mutter ausgemacht, dass diese sie in der Schule krankmelden sollte, denn Elena wollte wenigstens noch ein paar Stunden mit ihrem Vater verbringen, bevor er wieder in die Hexenwelt zurückkehren musste. Miranda dagegen wollte den Unterricht besuchen. Es fiel zu sehr auf, wenn die beiden Mädchen gleichzeitig krank waren.

Eine schwarze Katze huschte von links über die Straße, kurz bevor Elena und Miranda ins Haus zurückgingen.

»Hoffentlich bringt die uns kein Unglück.« Elena seufzte.

»Ach was, das Sprichwort gilt doch nur für Menschen«, beruhigte Miranda sie.


»Wo ist Elena?«, fragte Jana besorgt, als Miranda allein ins Klassenzimmer kam. »Ist sie krank?«

Miranda wirkte etwas abgehetzt, weil sie an diesem Morgen mit dem Fahrrad zur Schule gefahren war. Mona war ja

## - Kapitel Nr. 8 -

schon abgereist und stand als Chauffeurin nicht zur Verfügung. Und auf Jolandas Angebot, Miranda zu fahren, hatte Miranda verzichtet.

»Elenas Vater ist seit gestern Abend zu Besuch«, sagte Miranda leise zu Jana, so dass nur noch Nele sie verstehen konnte. »Deswegen kommt sie heute nicht.«

Jana und Nele nickten verständnisvoll.

Es war Miranda ganz recht, dass Elena an diesem Tag zu Hause geblieben war. In Mirandas Schultasche steckte nämlich ein kleines Fläschchen Waselnussöl, das sie aus Monas Zimmer entwendet hatte. Außerdem hatte Miranda dort noch einmal in einem Zauberbuch nachgeschlagen, welche einfachen Liebeszauber es gab, die man ohne großes Risiko anwenden konnte.

Vor der Pause sorgte Miranda mit einem unauffälligen Zauberspruch dafür, dass Jana zu Frau Treller gerufen wurde, die mit ihr noch einmal über die letzte Englischhausaufgabe reden wollte. Miranda und Nele waren daher in der Pause unter sich. Miranda sah sich vorsichtig um, bevor sie Nele das kleine Fläschchen zusteckte.

»Hier. Für Arne. Aber wende es sparsam an. Ein oder zwei Tropfen genügen. Das Mittel ist sehr stark.«

Nele wurde rot und ließ das Fläschchen in ihrer Hosentasche verschwinden. »Danke. Das vergesse ich dir nie.« Sie lächelte. »Jetzt muss ich nur noch Arne treffen, damit ich das Mittel auch anwenden kann.«

»Hm, heute ist Freitag«, murmelte Miranda. »Wie wär's mit einer Freitagabend-Party?« Sie drehte sich zur Seite, kreuzte zwei Finger und bewegte dabei lautlos die Lippen.

»Was hast du gerade gemacht?«, wollte Nele wissen.

»Wart's ab.« Miranda grinste.

– Kapitel Nr. 8 –

Gleich darauf kam Anna aus ihrer Klasse auf sie zu.
»Hallo, ihr beiden! Wo steckt Jana?«
»Bespricht noch was mit Frau Treller«, antwortete Nele.
»Ich wollte euch fragen, ob ihr Lust habt, heute Abend zu meiner Party zu kommen«, sagte Anna. »Ich werde am Sonntag vierzehn, aber ich feiere schon heute. Ich darf so viele Gäste einladen, wie ich will. Meine Mutter hat es mir erlaubt. Sorry, dass ich euch nicht schon früher Bescheid gesagt habe. Bei so vielen Leuten habe ich bis jetzt keine Gelegenheit gefunden, euch einzuladen. Das hole ich aber hiermit nach. Ich hoffe, ihr habt noch nichts anderes vor?« Sie sah gespannt von Nele zu Miranda.
»Also – ich habe Zeit und komme gern«, sagte Nele sofort.
»Ich weiß noch nicht«, wich Miranda aus.
»Es kommen auch eine Menge Jungs«, kündigte Anna an. »Dafür hat mein Bruder gesorgt.«
»Oh, super!«, meinte Nele.
»Du kannst mir ja heute Nachmittag kurz Bescheid geben«, sagte Anna zu Miranda. »Es reicht auch, wenn du mir eine SMS schickst, ob ich mit dir und Elena rechnen kann. Und wegen Jana – ach, da kommt sie ja! Da kann ich sie gleich fragen.« Anna rannte quer über den Schulhof.
»Du bist wirklich eine tolle Hexe«, sagte Nele zu Miranda und ihre Augen leuchteten. »Ich wünschte, ich könnte auch zaubern.«

»Aber kein Wort zu Jana«, zischte Miranda. »Und zu Elena auch nicht. Und erzähle ihr bloß nichts vom Waselnussöl.«
Nele nickte. »Versprochen.«

~ Kapitel Nr. 8 ~

Elena hatte sich am Vormittag lange mit ihrem Vater unterhalten und eine Menge erfahren, was Geheimagenten anging. Sie hatte jedoch den Verdacht, dass er ihr auch einige Informationen vorenthielt, beispielsweise, was die Gefährlichkeit seines Jobs betraf. Der Gedanke, selbst einmal als Geheimagentin der Regierung zu arbeiten, erschien Elena immer reizvoller. Aber ob sie gut genug dazu war? Was die körperliche Ausdauer anging, da musste sie sich jedenfalls noch erheblich verbessern.

Leon hatte gelacht, als sie ihm das morgendliche Training geschildert hatte. »Das ist typisch für dich, Elena«, hatte er gesagt. »Wenn es mal nicht gleich auf Anhieb klappt, beginnst du sofort an dir zu zweifeln. Du musst einfach ein bisschen mehr Geduld mit dir haben. Und man muss nicht auf allen Gebieten am besten sein. Es ist sinnvoller, sich auf seine Stärken zu konzentrieren.«

Elena dachte über seine Worte nach, während sie in ihr Zimmer ging. Was waren ihre Stärken? Sie hatte das Gefühl, dass Miranda ihr in jeder Hinsicht überlegen war. Sie war besser im Sport, tat sich leichter beim Lernen und war in der Kunst der Zauberei schon viel weiter als sie selbst.

»Habe ich überhaupt irgendwelche Stärken?«, grübelte Elena und lief ratlos in ihrem Zimmer umher. Als sie geistesabwesend aus dem Fenster schaute, fiel ihr Blick auf die Fensterbank und auf die Pflanzen, die dort standen.

»Okay«, murmelte Elena. »Ich habe eine bessere Beziehung zu Pflanzen als Miranda. Das ist eindeutig meine Stärke. Aber ob mir das was nützt, wenn ich Geheimagentin werden will?«

Der Gedanke ließ ihr keine Ruhe. Sie musste an Mona denken, die ebenfalls einen guten Draht zu Pflanzen hatte, aber besonders große Vorteile hatte ihr das nicht gebracht. Oder? Elena überlegte. Ob sich unter Oma Monas Zauberbüchern auch ein Buch über Pflanzenzauberei befand?

Mona war leider nicht da, also konnte Elena sie auch nicht fragen. Nach kurzem Zögern beschloss sie, in Monas Zimmer zu gehen und im Regal nachzusehen. Ihr war nicht ganz wohl dabei, im Zimmer ihrer Großmutter zu schnüffeln – schließlich sagte sie das ja auch immer, wenn sich Miranda heimlich dort umschaute. Aber dies hier war eine Ausnahme. Wer weiß, wann Mona wiederkam!

Als Elena Monas Zimmer betrat, hatte sie sofort den Eindruck, dass ihre Großmutter noch anwesend war. Es roch nach dem Parfüm, das Mona immer benutzte, und in den Duft mischte sich der schwache Geruch von Monas heiß geliebten Zigarillos. Wahrscheinlich rauchte sie in ihrem Zimmer, obwohl Jolanda das nicht mochte.

Elena trat an das große Regal und betrachtete voller Respekt die vielen Bücher. Eine sinnvolle Ordnung war nicht zu erkennen. Offenbar nahm Mona die Bücher oft zur Hand und räumte sie auch ständig um. Da stand das *Kleine Einmaleins der Schadenszauberei* neben *Gesichts- und Schönheitspflege für die reife Frau*. Ganz oben auf dem Regal, direkt unter der Zimmerdecke, befanden sich die gefährlichen Bücher, die Miranda so faszinierten.

Elena ging an dem Regal entlang. Plötzlich entdeckte sie einen Titel, der sie neugierig machte: *Geheimnisvolle Pflanzenwelt*. Elena zog das Buch aus dem Regal und schlug es auf. Ein Zettel glitt heraus und fiel auf den Boden. Sie bückte sich danach und erkannte, dass es ein Brief war. Mona musste ihn in das Buch gelegt haben.

- Kapitel Nr. 8 -

Eigentlich gehörte es sich nicht, fremde Post zu lesen, und Elena hatte auch nicht die Absicht. Als sie den Brief jedoch wieder zusammenfaltete, sprangen ihr wie von allein einige Worte ins Auge – und ehe sie sich's versah, hatte sie den ganzen Brief gelesen. Jetzt war Elena klar, warum Mona so plötzlich zu einer Reise aufgebrochen war. Sie wollte sich mit ihrer Freundin Felicitas versöhnen.

Elena lächelte vor sich hin. Sie war überrascht und freute sich, dass Mona anscheinend bereit war sich mit Felicitas auszusprechen und den Brief nicht einfach ignoriert hatte. Vielleicht war Mona gar nicht so stur und eigensinnig, wie alle immer dachten. Elena musste unbedingt Miranda von dem Brief erzählen, wenn sie von der Schule heimkam.

Sie klemmte sich das Buch unter den Arm, ging damit in ihr Zimmer und begann zu lesen. Das Buch war sehr interessant. *Pflanzenmagie* wurde im Allgemeinen unterschätzt, dabei handelte es sich um eine äußerst wirksame und mächtige Sparte der Zauberei. Vielleicht konnte man auch als Geheimagentin davon profitieren.

### Pflanzenmagie

Pflanzen sind Lebewesen und manche Hexen besitzen die Fähigkeit, sich mit ihnen in Verbindung zu setzen, sie zum Wachsen und Blühen zu bringen und sogar mit ihnen zu reden. Einige Hexen behaupten, dass die Kommunikation gar nicht einseitig ist, sondern dass die Pflanzen in der Lage sind zu antworten. Angeblich gibt es starke Pflanzengeister, die man um Hilfe bitten kann. Sie können die Magie der Hexe unterstützen und ihr Kraft geben. Auf der anderen Seite gibt es auch Pflanzengeister, die böse sind und die den Hexen schaden können. Allerdings tun sie das nur, wenn man sie verletzt oder übel mit ihnen umgeht. Die Wissenschaft von den Pflanzen ist ein hochinteressantes Gebiet. Eigentlich sollte sich jede Hexe wenigstens einige Grundkenntnisse davon aneignen.

- Kapitel Nr. 8 -

Als Miranda mittags von der Schule nach Hause kam, war Leon Bredov gerade abgereist. Jolanda saß am Computer im Wohnzimmer, um für die Zeitungsredaktion einen Artikel zu tippen, der brandeilig war. Miranda und Elena aßen in der Küche zu Mittag, während der kleine Rufus auf dem Küchenfußboden ein magisches Puzzle legte. Es war das bewegte Bild eines Aquariums.

»Das machst du schon richtig gut«, lobte Elena ihren Bruder.

Rufus sah auf und grinste. Dann hatte er auf einmal einen Clownfisch in der Hand. Der Fisch zappelte hilflos.

Elena schüttelte den Kopf. »Steck ihn wieder ins Aquarium, sonst stirbt er.«

Rufus gehorchte und der Clownfisch glitt zurück ins Bild.

»Meine Oma hat einen Brief von ihrer Freundin Felicitas bekommen«, erzählte Elena Miranda, als sie beim Nachtisch – Zitroneneis mit Minze – waren.

Miranda leckte den Löffel ab. »Felicitas – das war doch die, die Mona den Freund ausgespannt hat.« Solche Tratsch- und Klatschgeschichten merkte sie sich besonders gut.

Elena nickte. »Jetzt hat Felicitas sie eingeladen, damit sie sich aussprechen und versöhnen können.«

Miranda kratzte erst den letzten Rest Eis aus der Schale, bevor sie antwortete.

»Versöhnung mit Felicitas? Daran glaube ich nie und nimmer!«

»Warum denn nicht?« Elena konnte sich gut vorstellen, dass man nach vierzig Jahren in der Lage war, einen Streit endlich beizulegen und sich wieder zu vertragen.

»Weil ich deine Oma kenne.« Mirandas Augen blitzten. »Ich erinnere mich gut daran, mit welcher Verachtung sie immer von Felicitas gesprochen hat. Sie hat ja öfter von ihr erzählt, das scheint sie stark beschäftigt zu haben. Sie verzeiht ihr bestimmt nicht!«

»Aber warum ist sie dann Hals über Kopf aufgebrochen?«, wollte Elena wissen.

»Da steckt bestimmt etwas anderes dahinter«, vermutete Miranda. Sie überlegte kurz. »Könnte es vielleicht sein, dass Felicitas das Wildschwein geschickt hat? Und dass sie den Baum angezündet hat?«

»Wieso sollte sie das tun?«

»Weil sie Mona noch genauso hasst wie vor vierzig Jahren!«

Es war still in der Küche. Das einzige Geräusch, das zu hören war, war das leise Klicken, wenn Rufus wieder ein Puzzleteilchen legte.

Nach einer Weile sagte Elena: »Du meinst, dann hat Felicitas den Brief gar nicht geschrieben, weil sie sich mit ihr versöhnen will, sondern ...«

»Genau!«, stimmte Miranda ihr bei. »Ich bin mir sicher, das ist eine Falle!«

»Beim Orkus, glaubst du wirklich?« Elena wurde blass. »Dann müssen wir hinterher und Oma warnen!«

Nele war ein bisschen enttäuscht, als Miranda anrief und ihr mitteilte, dass sie nicht zu Annas Party kommen würde.

»Elena und ich müssen dringend etwas erledigen.« Miranda wollte keine nähere Auskunft geben, obwohl Nele nachbohrte. Schließlich legte Nele auf und beneidete die Hexenmädchen wieder einmal um ihr aufregendes Leben. Wer weiß, was Miranda und Elena vorhatten – Hexenparty auf dem Blocksberg, Konferenz mit den wichtigsten Geheimagenten, Schnellkurs in verbotener Zauberei ... Die Fantasie ging mit Nele durch.

## - Kapitel Nr. 8 -

Na gut, dann würde sie eben nur mit Jana auf die Party gehen. Hoffentlich hatte Janas Mutter nicht wieder Einwände. Frau Kleist konnte nämlich ziemlich heikel sein. Da hatte es Nele leichter. Ihre Mutter ließ ihr wesentlich mehr Freiräume. Aber sie hatte ja auch vier Kinder, während Jana ein Einzelkind war. Frau Kleist hütete ihre Tochter wie ihren Augapfel.

Doch auch Jana durfte zu Annas Party. Frau Kleist fuhr sie und Nele sogar hin und kündigte an, sie Punkt zehn Uhr abends wieder abzuholen.

»Um elf!«, bettelten die Mädchen, als sie im Wagen saßen, aber Frau Kleist ließ sich nicht erweichen. »Jetzt ist es sechs Uhr – und bis zehn Uhr habt ihr vier Stunden Zeit, um euch zu amüsieren. Das reicht! Ihr seid schließlich erst dreizehn!«

Nele und Jana wechselten einen Blick. Jana hob resigniert die Schultern. Sie wusste, wann man bei ihrer Mutter an Grenzen stieß und jedes weitere Verhandeln zwecklos war.

Vier Stunden, dachte Nele. Vier Stunden, um Arne zu erobern. War das genügend Zeit?

Das Fläschchen mit dem Waselnussöl steckte im Seitenfach ihres Rucksacks. Am Nachmittag hatte sie noch schnell ein Geschenk für Anna besorgt. Da diese gern las, war ein Buch genau richtig. Nele hatte für sie einen spannenden Krimi gekauft. Hoffentlich traf sie damit Annas Geschmack.

Als Frau Kleist vor dem Haus hielt, in dem Anna wohnte, und die Mädchen aussteigen ließ, entdeckte Nele Arne sofort. Er stand mit Annas Bruder neben der Haustür und unterhielt sich angeregt.

Sogleich fing Neles Herz wie verrückt zu hämmern an. Sie ärgerte sich, weil sie sich noch nicht mit Waselnussöl betupft hatte. Unauffällig zog sie das Fläschchen aus ihrem Rucksack und tat so, als müsse sie etwas an ihren Schuhen richten. Dabei ließ sie einige Tropfen des kostbaren Öls auf ihre Jeans tropfen.

»Wo bleibst du, Nele?«, fragte Jana ungeduldig.

»Komme gleich«, murmelte Nele und ließ das Fläschchen wieder verschwinden. Sie wollte Jana nicht sagen, dass sie von Miranda ein Zaubermittel bekommen hatte, obwohl Elena vor einiger Zeit auch Jana einmal mit Waselnussöl geholfen hatte. Doch Tom, in den Jana damals verknallt gewesen war, war ein ziemlicher Dummkopf. Jana und er waren sich zwar nähergekommen, aber die Sache hatte nicht lange gehalten. Elena war damals selbst etwas Waselnussöl auf die Hose getropft – und an dem Abend war sie Neles Bruder Kevin kaum noch losgeworden.

Nele musste wieder an Mirandas Warnung denken: Echte Liebe ließ sich auch nicht mit Hexerei erzwingen. Bei Jana und bei Elena war es so gewesen. Das Waselnussöl hatte bei den Jungs zwar ein erstes Verliebtsein ausgelöst, eine dauerhafte Beziehung war aber nicht daraus geworden.

Bei mir und Arne wird es anders sein, dachte Nele hoffnungsvoll, als sie sich bei Jana unterhakte und mit ihr aufs Haus zuging.

Annas Bruder winkte den Mädchen nur kurz zu und sagte: »Geht rein, Anna ist drinnen!«, während Arne überhaupt nicht reagierte und sogar in eine andere Richtung schaute.

Nele war maßlos enttäuscht, als sie ins Haus ging. Sie hatte plötzlich das Gefühl, einen Eimer eiskaltes Wasser im Bauch zu haben. Wirkte das Waselnussöl etwa nicht? Sie hatte er-

## - Kapitel Nr. 8 -

wartet, dass Arne auf sie zukommen und sie ansprechen würde, immerhin waren sie sich schon mehrmals begegnet. Dass er wegschauen würde, damit hatte sie nicht gerechnet!

Anna wartete im Gang, begrüßte die beiden Mädchen überschwänglich und umarmte sie. Nele holte das Geschenk aus dem Rucksack und überreichte es der Gastgeberin.

»Du liest doch so gern. Ich hoffe, das Buch gefällt dir.«

»Wow! Toll!« Anna freute sich. »Danke, Nele.«

Von Jana bekam Anna einen Kinogutschein. »Super, Jana, darüber freue ich mich!«

Aus dem Keller drang laute Musik.

»Ihr könnt gleich runtergehen«, sagte Anna. »Die meisten sind schon da.«

Jana und Nele hängten ihre Jacken an die Garderobe und stiegen die Treppe hinunter. Sie folgten der Musik und kamen in einen großen Partyraum, der mit Girlanden und bunten Lichtern dekoriert war. An der Seite befand sich ein Büfett. Dort gab es Häppchen und Getränke.

Jana und Nele wurden von allen Seiten begrüßt. Ein Junge aus der zehnten Klasse, den Nele vom Sehen kannte und der Zoran hieß, fragte sie, ob sie etwas trinken wolle. Wenig später nippte Nele an einem blutrot gefärbten Getränk, das nach nichts schmeckte. Die Musik war so laut, dass man sich nur schreiend verständigen konnte. Nele hatte auf einmal das Gefühl, dass die vier Stunden sehr lang werden könnten.

Zoran saß ihr außerdem auf der Pelle, er wich nicht von ihrer Seite. Ständig gab er Kommentare ab, wie »Coole Musik!« oder »Geiles Outfit!«. Als Nele ihr Glas leer getrunken hatte, wollte er unbedingt mit ihr tanzen und zerrte sie in die Mitte des Raums, wo schon zwei oder drei Pärchen herumhopsten.

## - Kapitel Nr. 8 -

Zoran hatte einen so unmöglichen Tanzstil, dass sich Nele kaum das Lachen verkneifen konnte. Es sah aus, als habe er Zuckungen. Dazu schnitt er die unmöglichsten Grimassen, was ihm offenbar nicht einmal bewusst war.

Nele tanzte fünf Minuten mit, dann hatte sie genug und ließ Zoran einfach stehen. Sie ging zum Büfett, um sich noch etwas zum Trinken zu holen. Als sie gerade nach den Käsehäppchen angelte, stieß sie mit der Schulter gegen einen Jungen, der sich in diesem Moment in dieselbe Richtung beugte.

»Sorry«, sagte Nele – und blickte in Arnes lächelndes Gesicht.

»Oh, du schon wieder.« Er grinste. »Es scheint mein Schicksal zu sein, dass ich dauernd mit dir zusammenstoße.«

Nele erwiderte nichts, dafür klopfte ihr Herz umso schneller. Ob das Waselnussöl jetzt seine Wirkung zeigen würde?

»Bist du schon lange hier?«, fragte Arne.

Nele schüttelte den Kopf. »Vorhin erst gekommen.«

»Magst du tanzen?«

Auf dieses Stichwort hatte Nele gewartet. Sie stellte ihr Glas ab, stopfte schnell das Käsehäppchen in den Mund und folgte Arne auf die Tanzfläche. Arne bewegte sich geschmeidig zur Musik, er ließ dabei Nele nicht aus den Augen und lächelte die ganze Zeit.

Es funktioniert! Es funktioniert!, jubelte Nele innerlich, während sie tanzte. Aus den Augenwinkeln nahm sie Zoran wahr, aber sie beachtete ihn nicht.

Wenig später war die Musik zu Ende. Der nächste Song war ein langsames, sentimentales Liebeslied und Arne zog Nele wie selbstverständlich an sich. Nele legte den Kopf an seine Schulter, sie roch sein Rasierwasser und spürte seine

- Kapitel Nr. 8 -

Hände auf ihrem Rücken. Langsam wiegten sie sich im Takt der Musik, es war traumhaft. Neles Stirn streifte seine Wange, sie merkte, wie sein Gesicht sich ihr zuwandte ... und dann war sein Mund direkt vor ihren Lippen ...

Was für ein Kuss! Nele war selig. Es kribbelte in ihrem Bauch, Arnes Lippen waren so weich und warm, es fühlte sich himmlisch an!

Irgendwann war der Song dann zu Ende und sie lösten sich voneinander. Arne nahm Nele an die Hand und führte sie zum Büfett zurück. Sie lächelten sich an und Nele sah das Strahlen in seinen Augen. Sie war so glücklich, dass sie fast nichts mehr von ihrer Umgebung wahrnahm. Arne schlug ihr vor, nach draußen zu gehen, um sich besser unterhalten zu können. Nele nickte. Sie gingen nach oben, durch den Gang auf die Terrasse und in den Garten. Nele hatte nicht an ihre Jacke gedacht und fröstelte ein wenig, aber das war ihr egal. Hauptsache, sie war mit Arne zusammen!

»Hast du am Wochenende schon was vor?«, wollte Arne wissen. Er lehnte sich gegen einen knorrigen Apfelbaum, der voller Knospen war. Einige waren schon aufgesprungen und die Apfelblüten verbreiteten einen süßen Duft, der Nele in die Nase stieg. Es war eine Atmosphäre wie in einem Film, sie würde sich immer an diesen romantischen Moment erinnern ...

»Nein, ich habe noch keine Pläne«, antwortete sie auf Arnes Frage. Am liebsten hätte sie noch hinzugefügt: »Für dich habe ich alle Zeit der Welt!«, aber das wäre dann vielleicht doch etwas zu dick aufgetragen gewesen.

»Dann können wir vielleicht ins Kino gehen«, schlug Arne vor. »Oder Eis essen. Oder eine kleine Fahrradtour machen. Was du willst. Sag, wozu du Lust hast.«

## - Kapitel Nr. 8 -

Ich habe Lust, dich wieder zu küssen, dachte Nele.

Arne hatte anscheinend den gleichen Gedanken. Wieder kamen seine Lippen ihr entgegen und sie küssten sich lange und intensiv.

Dann geschah es. Nele nahm aus den Augenwinkeln wahr, wie sich ihnen jemand näherte. Als sie sich von Arne löste, erkannte sie neben dem Apfelbaum Daphne. Ihr Gesicht war wutverzerrt. Sie streckte zwei Finger aus, deutete auf Arne und murmelte:

»Zischelnde, nuschelnde Nachtigall
bringt das junge Glück zu Fall!«

Nele sah einen kleinen Blitz, der von Daphnes Finger aus in Arnes Pullover fuhr. Dort entstand ein winziges Loch, von dem ein klitzekleiner Rauchfaden emporstieg. Dann machte Daphne kehrt und war genauso schnell verschwunden, wie sie gekommen war. Es war wie ein Spuk.

Nele war sich nicht sicher, ob Arne überhaupt etwas davon mitbekommen hatte. Ihr Herz schlug bis zum Hals und ihre Beine waren eiskalt geworden.

»Wasch ischt losch?«, fragte Arne und lächelte. »Warum hascht du mit dem Küschen aufgehört?«

Nele starrte ihn fassungslos an. Daphne hatte Arne verhext – und jetzt nuschelte er ganz schrecklich!

# Ein starker Zauberer kann den Lauf des Schicksals ändern!

»Oh, verdammt, verdammt!«, rief Miranda.
»Was ist los? Verdammt, wir stecken fest!« Elena klammerte sich an Mirandas Hand. Ringsum war es stockfinster. Irgendetwas war bei ihrer Reise schiefgelaufen. Dabei hatten sie – wie schon mehrfach – eine von Daphnes illegalen Fahrkarten in die Hexenwelt verwendet.

»Was machen wir jetzt?«, fragte Elena und versuchte die Panik zu bekämpfen, die in ihr aufstieg. Offenbar waren sie in der Zwischenwelt gelandet, im Nirgendwo zwischen der Menschen- und der Hexenwelt. Weiß der Kuckuck, wie sie da wieder herausfinden würden!

»Nicht aufregen«, murmelte Miranda. Es schien so, als wollte sie mit diesen Worten sich selbst beruhigen. »Wir finden bestimmt eine Lösung. Ich muss nachdenken.«

Auch Elena grübelte und ließ in Gedanken den Lehrstoff vorüberziehen, den sie für das Hexendiplom gelernt hatte. *Ausweg aus einer misslichen Situation ... Wenn du mitten im Zauber feststeckst ... Wenn du dich verhext hast und alles rückgängig machen willst ...*

»Ich weiß es«, sagte Miranda mitten in Elenas Überlegungen hinein und ließ ihre Hand los. »Wir brauchen einen *Rückwärtszauber* und dann einen großen *Zaubersprung* vorwärts. Würdest du einen Handstand für mich machen, damit ich unsere Kräfte bündeln kann?«

»Einen Handstand, hier?« Elena schüttelte sich. Für eine Hexe war es sehr unangenehm, einen Handstand zu machen. Dabei stellte sie ihre Zauberkräfte praktisch frei zur Verfügung und war damit selbst völlig hilflos.

»Jetzt stell dich nicht so an«, meinte Miranda etwas ruppig. »Wir haben uns quasi in ein Schlagloch gezaubert und da kommen wir nur mit viel Energie raus. Meine Kräfte allein werden kaum ausreichen. Also hilf mir, oder willst du den Rest deines Lebens hier in der Dunkelheit verbringen?«

Elena seufzte. Sie bückte sich und tastete den Boden ab. Zum Glück war es eine ebene Fläche, auf der ihre Hände Halt finden würden. Sie stellte sich wieder aufrecht hin, konzentrierte sich und machte dann einen Handstand. Gleich darauf spürte sie Mirandas Hände an ihren Knöcheln.

»Sehr gut«, hörte sie Mirandas Stimme, die dann in undeutliches Gemurmel überging. Miranda benutzte eine alte Sprache für den Zauberspruch. Elena konnte nicht unterscheiden, ob es die Runensprache war oder Altägyptisch. Sie musste sich darauf konzentrieren, auf den Händen das Gleichgewicht zu halten, während sie fühlte, wie ihre Zauberkraft aus ihr herausgezogen wurde.

Kurze Zeit später gab es einen hellen Blitz, zusammen mit einem heftigen Ruck. Elena wurde durch die Luft geschleudert. Für einen Moment glaubte sie ihr Zimmer zu sehen, doch dann wurde sie von einer gewaltigen Kraft in einen Tunnel gesogen. Es war, als würde sie in einem Affentempo eine Riesenrutschbahn hinabsausen. Elena hörte, wie jemand laut schrie – und stellte fest, dass sie es selbst war.

## - Kapitel Nr. 9 -

Dann war der Tunnel plötzlich zu Ende, es wurde hell und eine Wiese lag vor ihr. Elena wurde mit so großer Wucht aus dem Tunnel geschleudert, dass sie auf dem Bauch ein Stück durchs Gras rutschte. Es tat weh. Die Gräser schlugen ihr ins Gesicht. Dann war es vorbei. Sie blieb eine Weile liegen, weil sie nicht sicher war, ob sie noch lebte oder ob sie sich bei dieser unsanften Landung nicht etwas gebrochen hatte.

»Elena?« Ein Schatten fiel über sie. »Bist du okay?«

Elena hob mühsam den Kopf und drehte ihn. Neben ihr stand Miranda. Ihre Jeans und ihre Jacke waren zerrissen und voller Grasflecken. Das Gesicht war mit Schmutz verschmiert und die Haare standen nach allen Seiten ab.

»Ich … weiß nicht«, antwortete Elena.

»Warte, ich helfe dir.« Miranda streckte ihr eine Hand entgegen. Elena ergriff sie und zog sich auf.

Ihre Knie schmerzten, die Haut an den Handflächen brannte, die Klamotten hatten entsetzlich gelitten – aber sonst war anscheinend nichts passiert.

»Wir sind in der Hexenwelt angekommen«, verkündete Miranda und wischte sich über das schmutzige Gesicht. »Mann, was bin ich froh, dass wir es geschafft haben!«

### Rückwärtszauber

Zauberspruch, der den letzten Zauber aufhebt und die Hexe zu ihrer Ausgangssituation zurückkehren lässt. Es ist sehr wichtig, dass der Rückwärtszauber korrekt ausgeführt wird. Es ist schon vorgekommen, dass nach schlampig ausgeführtem Rückwärtszauber die Hexe ohne Kleider oder Haare dastand oder dass ihre Schuhe fehlten. Eine gute Hexe schafft es, mit einem Rückwärtszauber den ursprünglichen Zustand wiederherzustellen. Normalerweise werden Zauber und Rückwärtszauber von derselben Person durchgeführt – außer, die Person wurde so stark verletzt, dass sie nicht in der Lage ist, den Rückwärtszauber selbst vorzunehmen.

### Zaubersprung

Der Zaubersprung wird angewendet, um einen normalen Zauber mit maximaler Energie durchzuführen. Ein Zaubersprung wird in Situationen empfohlen, wenn ein Zauber leicht ins Stocken geraten ist (zum Beispiel, wenn eine zaghafte Person zaubert) oder wenn die Umweltverhältnisse ungünstig sind (beispielsweise, wenn schlechte Schwingungen herrschen oder sich ein Antimagier nähert). Mit Zaubersprüngen erzielt man besonders gute Ergebnisse bei räumlichen Zaubereien.

---

»Und wo sind wir?« Elena sah sich um. Sie erkannte die Landschaft nicht wieder.

»Das werden wir erfahren, wenn wir in dem Haus dort fragen«, sagte Miranda und deutete auf einen Bauernhof am Waldrand. »Vielleicht können wir uns auch frisch machen. Ich würde uns ja sauber hexen, aber meine Zauberkräfte sind momentan verpufft. Der Zaubersprung hat meine ganzen Energien beansprucht. Doch ich bin sicher, dass das Problem in einer oder zwei Stunden behoben sein wird.«

Elena horchte in sich hinein und prüfte den Level ihrer Zauberenergie. Er war sehr, sehr niedrig. Kein Wunder, sie hatte ja ihre Kräfte an Miranda abgegeben. Ein Handstand kostete immer viel Energie, auch nachhaltig, und es dauerte eine Weile, bis man sich davon erholt hatte.

»Dann lass uns mal zu dem Haus rübergehen«, sagte Elena. Sie hoffte sehr, dass die Bewohner freundlich waren!

Eusebius fuhr sich über die Lippen. Soeben hatte er eine Berührung gespürt, Miranda musste den Ring geküsst haben. Das Gefühl war deutlicher als sonst gewesen und Eusebius hatte den Eindruck, als sei Miranda ganz in der Nähe. Doch

## - Kapitel Nr. 9 -

gleich darauf verwarf er den Gedanken. Das konnte ja nicht sein – Miranda befand sich mit Elena und deren Familie in der Menschenwelt, genauer gesagt in Blankenfurt, und war wahrscheinlich damit beschäftigt, für die Schule zu büffeln. Dass Eusebius sich einbildete ihre Gegenwart zu spüren, war sicher nur seinem Wunschdenken zuzuschreiben.

Oh ja, er sehnte sich nach ihr, war neugierig, sie näher kennenzulernen und mehr über sie zu erfahren – aber erst musste er diesen Auftrag zu Ende bringen. Mafaldus Horus benahm sich wie ein Getriebener, angespornt von der Suche nach dem *Namenlosen schwarzen Zauberbuch*. Wie ein schnüffelnder Hund hatte der Magier die Spur aufgenommen und ließ sich von seinem Instinkt leiten. Er folgte den magischen Schwingungen, die das böse Buch ausstrahlte; sie wiesen ihm den Weg.

Eusebius konnte diese Schwingungen nicht wahrnehmen, sosehr er sich auch anstrengte. Das lag sicher daran, dass er sich nicht genug auf schwarze Magie eingelassen hatte, deswegen fehlten ihm die »Fühler«. So blieb ihm nichts anderes übrig, als Mafaldus Horus einfach zu folgen.

Sie reisten quer durchs Land. Mafaldus Horus verfügte über unerschöpfliche Energie, während Eusebius manchmal an seine körperlichen Grenzen stieß. Schwarze Magie musste sehr mächtig sein, wenn sie eine Person zu solchen Leistungen befähigte! Aber gleichzeitig war das auch unheimlich und beängstigend.

In einem unbeobachteten Augenblick hatte Eusebius mit Leon Bredov Kontakt aufgenommen. Elenas Vater war schockiert gewesen, als er erfahren hatte, dass Mafaldus hinter dem Buch her war.

»Er darf es auf keinen Fall in die Hände bekommen«, hatte

Leon Eusebius eingeschärft. »Wenn Mafaldus dieses Buch findet, haben wir gar keine Chance mehr gegen ihn, es wird ihn unbesiegbar machen!«

Eusebius hatte sofort die Panik in Leons Stimme gehört. »Ich werde mein Bestes tun«, versprach er leise. »Wir bewegen uns übrigens nach Norden. Ich bin sicher, dass das Schwefelgebirge unser Ziel ist.«

»Gut, ich werde hinterherkommen«, sagte Leon Bredov. »Verlass dich auf mich, wir werden Mafaldus kriegen.«

Eusebius lächelte schwach, bevor er die Verbindung trennte und seinen *Transglobkom* zuklappte. Besonders wohl fühlte er sich nicht in seiner Haut, aber das kam sicher auch von seiner Erschöpfung. Er hoffte nur, dass Leon zur Stelle sein würde, bevor Mafaldus das Buch zu fassen bekam.

Wie Eusebius geahnt hatte, erreichten sie bald das Schwefelgebirge. Diese vulkanische Landschaft mit ihren giftigen Dämpfen und den schroffen Felsen war kein schöner Anblick und Eusebius fühlte, wie seine körperlichen und magischen Kräfte zunehmend nachließen. Es war ein *schlechter* Ort für einen weißen Magier. Überall schien das Böse zu lauern, hinter jedem Felsen, hinter jeder Senke.

»Wo bleibst du?«, fragte Mafaldus ungeduldig, als er wieder einmal auf Eusebius warten musste.

»Ich ... komme schon.« Der junge Zauberer war außer Atem, Schweißperlen standen auf seiner Stirn. Jede Steigung kostete ihn eine Menge Kraft, seine Knie schmerzten und er fühlte sich wie ein alter Mann. Hoffentlich hielt er die Reise durch! Als er Mafaldus' Gesicht erblickte, kam ihm zum ersten Mal der Verdacht, dass der Magier ihm vielleicht heimlich Energie abzog! Es konnte gut sein, dass er es nachts tat, wenn Eusebius in unruhigem Schlaf neben ihm lag. Mögli-

## ~ Kapitel Nr. 9 ~

cherweise war das der Grund, warum sich der junge Magier morgens wie gerädert fühlte, während Mafaldus keinerlei Anzeichen von Müdigkeit zeigte und frisch und erholt aus dem Zelt trat.

»Es ist nicht mehr weit«, verkündete Mafaldus, als Eusebius endlich aufgeholt hatte. »Wir sind nah am Ziel. Spürst du es? Du musst doch dieses Vibrieren in der Luft wahrnehmen, es ist ganz deutlich.«

Eusebius konzentrierte sich und strengte seine Sinne an. Tatsächlich bemerkte er jetzt ein leichtes Flimmern neben sich, ein fast unhörbares böses Flüstern ... Die Stimme des *Namenlosen schwarzen Zauberbuchs*!

Mafaldus lächelte. »Komm!«

Der Koffer landete polternd neben Mona und wäre ihr um ein Haar auf den Fuß gefallen.

»Blödes Ding!«, fauchte sie und versetzte dem Koffer ärgerlich einen Tritt. »Ich hätte dich zu Hause lassen sollen!«

Die Reise in die Hexenwelt war auch bei Mona nicht ohne Probleme verlaufen. Sie hatte gleich gemerkt, dass etwas nicht stimmte. Der Übergang über die Grenze war erschwert worden – höchstwahrscheinlich eine Maßnahme des Landeszauberamts, denn wer konnte sonst dahinterstecken?

Fluchend und schwitzend hatte sich Mona dank ihres großen Zauberwissens aus dem Labyrinth der Zwischenwelt befreien können. Ihre Kleidung hatte dabei ziemlich gelitten und letztlich war sie doch froh, dass sie den Koffer mitgenommen hatte. Er war voller Klamotten. Die hatten es allerdings in sich. Mona war nicht unvorbereitet zu dieser Reise aufgebrochen. Sie hatte ihre Kleider mit raffinierten magischen Tricks versehen. Selbst in ihren extravaganten

Hüten steckten allerlei Zauberpülverchen. Mona wollte für alle Fälle gewappnet sein.

Natürlich konnte Felicitas tatsächlich Versöhnungsabsichten haben, aber Mona zweifelte daran. Sie konnte nicht glauben, dass ihre alte Freundin es bereute, ihr damals Valentin Cascadan ausgespannt zu haben.

Noch immer fühlte Mona einen leisen Stich im Herzen, wenn sie daran dachte. Einen noch größeren Stich gab es ihr, wenn sie an ihren Ehemann Jeremias dachte, den sie nach Jolandas Geburt in einen Felsen verwandelt hatte. Das war das größte Geheimnis ihres Lebens, sie hatte niemandem davon erzählt. Seit vierzig Jahren versuchte sie diese Tat zu verdrängen – ohne Erfolg. Wenn sie zurückdachte, tauchten immer wieder Bilder aus der Zeit der Schwangerschaft auf, in der sich ihre Gefühle für Jeremias plötzlich geändert hatten. Eigentlich war er ein ganz netter Kerl gewesen, vielleicht ein bisschen langweilig und sicherlich genau das Gegenteil von Valentin. Aber hilfsbereit und zuvorkommend. Und sehr, sehr geduldig ... Er hatte versucht ihr jeden Wunsch von den Augen abzulesen und trotzdem war ihr das Zusammenleben mit ihm jeden Tag unerträglicher vorgekommen. Es war, als hätte eine fremde Macht sie gezwungen nur Jeremias' negative Seiten zu sehen. Diese waren in ihrer Vorstellung immer dominierender geworden, bis sie schließlich den Entschluss gefasst hatte, Jeremias loszuwerden. Die Idee, ihn im Schwefelgebirge in einen Felsen zu verwandeln, war ihr während eines nächtlichen Albtraums gekommen. Und wie eine Besessene hatte sie dann ihren Traum in die Tat umgesetzt.

Später dann tat es ihr mehr als leid und sie hatte sich nicht erklären können, was sie zu dieser schrecklichen Handlung getrieben hatte. Am liebsten hätte sie alles rückgängig gemacht, aber sie fühlte sich seltsam kraftlos. Das Baby Jolanda kostete all ihre Energie – und Monas Tage und Nächte waren angefüllt mit Füttern, Windelnwechseln, Beruhigen. Und immer wenn sie an Jeremias dachte, schien sich eine merkwürdige Dumpfheit in ihrem Kopf auszubreiten. Manchmal war es ihr tatsächlich gelungen, das Geschehen zu verdrängen und sich auf andere Dinge zu konzentrieren, so wie man einen schweren Fehler möglichst tief in seiner Seele begraben will, um mit dieser Schuld einigermaßen weiterleben zu können.

Jolanda war herangewachsen und groß geworden und etliche Male hatte Mona mit dem Gedanken gespielt, ins Schwefelgebirge zu reisen und ihren Ehemann zurückzuverwandeln. Aber sie hatte sich niemals wirklich dazu durchringen können – aus Angst, Jolanda erklären zu müssen, was sie getan hatte. Und natürlich hatte sie auch Angst davor, Jeremias gegenüberzustehen. Was hätte sie zu ihm sagen sollen?

Ihren Freunden und Verwandten hatte sie erklärt, ihr Ehemann hätte sie von einem Tag auf den anderen verlassen. Sie hatte sogar offiziell nach ihm suchen lassen. Freilich kam nichts dabei heraus, wie auch? Jeremias galt als verschollen ...

Jetzt schob Mona die unangenehmen Erinnerungen beiseite, öffnete ihren Koffer und überlegte, was sie zum Treffen mit Felicitas anziehen sollte. Sie konnte sich lange nicht entscheiden. Schließlich schlüpfte sie in einen violetten Zweiteiler, in dem dreihundert geheime magische Taschen eingenäht waren. Dazu setzte sie ihren Notfall-Hut auf. Er sah aus wie ein normaler spitzer Hexenhut, besaß allerdings einen starken Schutzmechanismus, so dass Flüche und andere magische Verwünschungen erst einmal von Mona abprallen würden. Man konnte nie wissen.

Als sich Mona umgezogen und ihre restlichen Klamotten wieder im Koffer verstaut hatte, fühlte sie sich einigermaßen gewappnet, was Felicitas anging. Die Umgebung des trostlosen Gebirges machte ihr jedoch zu schaffen. Der Schwefelgeruch erinnerte sie an ihre Schuld und wieder meldete sich ihr schlechtes Gewissen. Sie hatte sich nach der Geschichte mit Felicitas und Valentin nie mehr auf einen Mann einlassen wollen, hatte ihr Herz abgehärtet, aber … für Jeremias schien doch ein Rest alter Gefühle aufzuflackern. Je mehr sie die Erinnerung zu verdrängen versuchte, desto deutlicher wurden die Bilder in ihrem Kopf. Sie sah Jeremias vor sich, wie er sie fassungslos anstarrte, als er begriffen hatte, was sie mit ihm vorhatte.

»Oh, wie konnte ich nur so etwas tun!«, grummelte Mona vor sich hin, während sie den Rollkoffer packte und über das steinige Gelände zog. Die Räder holperten über die Steine und ständig blockierte eines.

»Dummes Ding! Blöder Koffer!«, schimpfte Mona und schnippte mit den Fingern. Der Koffer erhob sich, schwebte einige Zentimeter über dem Boden und folgte ihr wie ein Hündchen. Mona nickte zufrieden und ging weiter. Sie war nervös wegen des Treffens. Ob Felicitas noch mit Valentin Cascadan zusammen war? Zum Zeitpunkt ihrer Abreise ins HEXIL war es jedenfalls noch so gewesen, das hatten Freundinnen ihr erzählt. Sollte sich Felicitas inzwischen von Valentin getrennt haben?

»Nein, das hat sie nicht«, ertönte auf einmal eine Stimme hinter ihr.

## - Kapitel Nr. 9 -

Mona wirbelte herum und erschrak fürchterlich. Vor ihr stand Valentin Cascadan. Er war älter geworden, genau wie sie, sein Haar war ergraut und er hatte etliche Falten, aber noch immer war er ein sehr gut aussehender Mann. Sein Gesicht jedoch hatte sich verändert, die Züge waren schärfer geworden und seine Augen besaßen eine Härte, die sie früher nicht gehabt hatten.

»Oh! Valentin!«, rief Mona erschrocken über diesen plötzlichen Auftritt ihres ehemaligen Geliebten, während sie sich fragte, warum er ihre Gedanken hatte lesen können. Sie trug doch ihren Schutzhut!

»Dein Hütchen ist einfach lächerlich«, sagte Valentin und lachte böse. »Außerdem steht es dir überhaupt nicht. Früher hattest du einen besseren Geschmack!«

»Was tust du hier?«, fragte Mona und versuchte sich von ihrem Schreck zu erholen. »Wo ist Felicitas? Ist sie auch hier?«

»Sie hat auf dich gewartet und wird gleich kommen.« Valentin lächelte geheimnisvoll. »Und sie bringt jemanden für dich mit, du wirst dich wundern! Das ist ihre Überraschung für dich.«

Mona aktivierte mit Gedankenkraft die magischen Taschen ihres Zweiteilers. Sicher war sicher! Sie gewann immer mehr den Eindruck, dass die angebliche Versöhnung in Wirklichkeit eine Falle war.

Die magischen Taschen fingen an sich zu erwärmen. Mona spürte die Hitze am ganzen Körper, es begann überall angenehm zu prickeln.

»Ach je«, sagte Valentin Cascadan bedauernd, »du verwendest noch immer magische Innentaschen? Dieser Trick ist hoffnungslos veraltet, Mona. Das hättest du dir sparen können.« Er hob nur sachte die Hand.

- Kapitel Nr. 9 -

Und obwohl Mona sofort ihre gesamte Zauberkraft als Schutzschild einsetzte, spürte sie, dass Valentins Magie stärker war. Die magischen Innentaschen verwandelten sich augenblicklich in Eisbeutel. Mona hätte am liebsten laut geschrien vor Kälte und sie beherrschte sich nur mit Mühe.

Mit einem Mal tauchte Felicitas hinter Valentin auf. Neben ihr ging ein Mann, den Mona erst auf den zweiten Blick erkannte – so lang war sein Haar geworden und so dicht sein Bart.

»Jeremias?«, flüsterte Mona und erstarrte.

»Ja, ich bin es wirklich«, antwortete Jeremias und sah sie an.

»Jetzt staunst du, Mona«, rief Felicitas und lachte schrill. »Valentin und ich, wir haben deinen Ehemann befreit. Mit diesem Treffen wollten wir ihm die Gelegenheit geben, sich für all die Jahre zu rächen, die du ihm gestohlen hast!«

Mona wandte sich an Jeremias und hob flehend die Hände. »Jeremias, lass mich erklären ...«

»Dann sprich!«, forderte er Mona auf. Sie sah ihm an, dass er noch immer nicht glauben konnte, was damals geschehen war, und dass es für ihn bei dieser Begegnung wichtiger war, ihr Verhalten zu verstehen, als sich zu rächen.

Mona warf einen Blick auf Felicitas und Valentin. Was hatten die beiden überhaupt damit zu tun? Woher wussten Valentin und Felicitas, dass sie Jeremias in einen Felsen verwandelt hatte? Sie hatte doch all die Jahre geschwiegen ...

»Es tut mir leid, Jeremias«, fing Mona zu reden an. »Ich weiß bis heute nicht, warum ich meinem Unmut über dich so sträflich seinen Lauf gelassen habe, glaube mir. Der Wunsch, dich loszuwerden, war so stark ... Es war, als hätte mich eine fremde Macht gesteuert diesen furchtbaren Schritt zu tun und dich zu verzaubern ...« In diesem Augenblick bemerkte Mona, wie Valentin verschlagen grinste und einen verschwörerischen Blick mit Felicitas wechselte. Und plötzlich fiel es ihr wie Schuppen von den Augen und ihr wurde klar, was damals wirklich passiert war. Es war nicht ihr manchmal unkontrolliertes Temperament gewesen, das für Jeremias' Schicksal verantwortlich war, sondern das Pärchen, das vor ihr stand, war schuld gewesen! Valentin und Felicitas hatten Monas durch die Schwangerschaft geschwächten Zustand ausgenutzt und vorübergehend ihren Willen beeinflusst – über Ferntelepathie der ganz besonderen Art!

Damit hatten sie Mona dazu gebracht, Jeremias ins Schwefelgebirge zu locken und in einen Felsen zu verwandeln.

»IHR SEID DAFÜR VERANTWORTLICH!«, rief Mona laut, als sie begriffen hatte, was damals vor sich gegangen war. »Ihr habt mich verhext, weil ihr Jeremias loswerden wolltet! Warum auch immer!«

Jeremias blickte erschrocken zu seinem Bruder. »Das kann nicht wahr sein! Oder, Valentin? Wie kommt Mona auf so eine absurde Idee?«

### Manipulative Ferntelepathie

Bei dieser Form der Telepathie wird versucht der verhexen Person einen fremden Willen aufzuzwingen und sie dazu zu bringen, eine bestimmte Handlung zu begehen. Manipulative Ferntelepathie (MF) gilt als sehr verwerflich. Es ist unter den Magiern verpönt, sie anzuwenden, denn schon im *Magischen Kodex* steht geschrieben, dass der freie Wille einer Person zu respektieren ist. Zauberer und Hexen lernen während ihrer Ausbildung frühzeitig sich gegen MF zu schützen. Trotzdem kommt es immer wieder vor, dass jemand durch magische Fremdeinwirkung gezwungen wird gegen seinen eigenen Willen bestimmte Dinge zu tun, beispielsweise eine Person aus dem Weg zu räumen.

- Kapitel Nr. 9 -

»Sie will ihren Hals retten«, entgegnete Valentin kalt. »Da geht manchmal die Fantasie mit einem durch!«

»Aber woher habt ihr gewusst, dass ich Jeremias in einen Felsen verwandelt habe?« Monas Augen blitzten und die Wut verlieh ihr neue Kraft. Sie war bereit sich mit Valentin und Felicitas anzulegen und die Wahrheit herauszufinden, selbst wenn dies lebensbedrohlich werden sollte. »Das kann nur jemand wissen, der in diesem Moment dabei gewesen ist.«

»Das klingt logisch«, meinte jetzt auch Jeremias, obwohl er immer noch einen ungläubigen Ausdruck im Gesicht hatte und seinen Bruder scharf musterte.

»Das wäre auch die Erklärung dafür, dass Mona sich damals so schnell verändert hat, dass ich es kaum glauben konnte ...«

»Das ist ausgesprochener Unsinn!«, mischte sich jetzt auch Felicitas ein. »Du lässt dich schon wieder von ihr um den Finger wickeln, Jeremias! Mona hat ihre gerechte Strafe verdient!« Sie begann zu murmeln: »*Unagumma, duagumma ...*«

Mona blickte Hilfe suchend zu Jeremias. Er sah sie an und in seinen Augen konnte sie lesen, dass er ihr glaubte.

In diesem Augenblick flimmerte neben ihnen die Luft. Dann erschienen wie aus dem Nichts zwei Männer in schwarzen Kutten.

Felicitas schrie vor Schreck auf. Jeremias blieb ganz ruhig. Valentin Cascadan zog die Brauen zusammen.

Einer der Fremden streifte seine Kapuze nach hinten. Er sah sehr blass aus. Mona blickte in sein Gesicht und spürte einen Stich der Erleichterung. Sie kannte den jungen Mann. Es war Eusebius Tibus, der Freund von Miranda.

Doch die Erleichterung währte nicht lange, denn nun zeigte auch der andere Mann sein Gesicht. Es war ... Mafaldus Horus.

# Wenn zwei Schwarzmagier einander bekämpfen, kann sich Magie aufheben

Du meinst, das funktioniert?«, fragte Elena skeptisch und blickte dem Papierflieger nach, den Miranda aus einer Seite ihres Notizbuches gefaltet hatte, das sie immer bei sich trug.

Miranda nickte. »Warum nicht? Ich habe den Flieger mit einem Finde-Zauber versehen und jetzt wird er versuchen deine Großmutter ausfindig zu machen.«

Die Mädchen hatten inzwischen den Fuß des Schwefelgebirges erreicht. Öde und unfreundlich breiteten sich die Vulkanberge vor ihnen aus. Das Gelände schien riesig zu sein. Irgendwo in dieser unwirtlichen Gegend war Mona ... Elena konnte fast nicht glauben, dass der lächerliche Papierflieger sie tatsächlich aufspüren würde.

Im Moment gaukelte der Flieger wie ein Schmetterling durch die Luft und schien nicht zu wissen, welche Richtung er einschlagen sollte. Doch dann entschied er sich und segelte langsam, aber bestimmt weiter.

»Wir müssen ihm nur folgen«, sagte Miranda. »Er fliegt so langsam, dass wir ihm zu Fuß hinterhergehen können.«

Elena stöhnte ein bisschen. Ihr war es trotzdem zu schnell. Ihre Beine waren müde, sie waren schon so lange unterwegs.

## - Kapitel Nr. 10 -

»Und du willst Geheimagentin werden?«, fragte Miranda ein bisschen skeptisch.

Elena wusste nicht, ob sie das überhaupt noch wollte. Sie wollte im Moment eigentlich gar nichts – außer sich ausruhen oder schlafen. Doch zuerst mussten sie Mona finden. Hoffentlich kamen sie nicht zu spät, das war ihre größte Sorge.

»Komm!«, sagte Miranda aufmunternd zu Elena. »Nur noch bis zu dem großen Felsenabsatz. Dann machen wir eine Pause. Versprochen!« Sie reichte Elena die Hand und half ihr, einen Abhang mit Geröll hochzuklettern. Es war mühsam und beide kamen immer wieder ins Rutschen, bis Elena die Idee hatte, die Steine festzuzaubern. Danach ging es besser.

»Manchmal bist du wirklich genial, Elena.« Miranda grinste.

»Na ja, ich weiß nicht«, sagte Elena bescheiden. Plötzlich entdeckte sie über sich einen großen Vogel.

»Guck mal, Miranda, ein Adler ...«

Kaum hatte sie die Worte ausgesprochen, ließ sich der Adler im Sturzflug fallen. Er landete neben den Mädchen und verwandelte sich in ... Leon Bredov!

»Elena! Miranda! Wie kommt ihr denn hierher?«

»Papa!«, rief Elena erschrocken, die über das Treffen mindestens genauso überrascht war wie ihr Vater.

»Wir wollen Mona warnen«, sagte Miranda. »Wir glauben, dass sie in Gefahr ist und kurz davor, in eine Falle zu laufen, die ihr ihre ehemalige Freundin Felicitas stellt. Es kann gut sein, dass Felicitas uns auch das Wildschwein geschickt hat.«

Leons Augen verdunkelten sich. »Ihr glaubt, Mona ist in

## ~ Kapitel Nr. 10 ~

Gefahr, und seid deshalb in den Schwefelbergen, um sie zu retten? Seid ihr denn noch ganz bei Trost? Ihr seid zwei junge, unerfahrene Hexen, riskiert bei dieser Aktion Kopf und Kragen und haltet es noch nicht einmal für nötig, mir Bescheid zu geben?« Leon Bredov war außer sich.

»In dem Brief von Felicitas steht, dass sie sich in den Schwefelbergen treffen wollen«, sagte Elena kleinlaut.

»Beim Orkus, wisst ihr denn nicht, wie gefährlich es hier ist?«, fauchte Leon Bredov.

»Und zu allem Überfluss muss Mafaldus Horus ganz in der Nähe sein ...«

Miranda wurde erst blass, dann rot. »Und Eusebius? Ist er ...«, begann sie, aber Leon ließ sie nicht ausreden.

»Eusebius ist auch hier, ich war auf dem Weg zu ihm. – Und ihr macht euch sofort auf den Rückweg in die Menschenwelt. Am besten meldet ihr euch beim Landeszauberamt, damit ihr ein offizielles Ticket nach Hause bekommt.«

Elena zuckte zusammen und dachte an Mona.

»Und was ist mit Mona?«, fragte sie vorsichtig. Sie wusste, dass ihr Vater nicht gut auf seine Schwiegermutter zu sprechen war, aber sie deshalb ins Unglück rennen lassen? »Wenn Felicitas ihr tatsächlich eine Falle stellt ...«

»Ich finde zwar, dass Mona ganz gut auf sich selbst aufpassen kann, aber ich werde die Augen offen halten«, versprach Leon. »Und ihr tretet jetzt sofort die Rückreise an. Hier in den Schwefelbergen habt ihr nichts verloren«, fügte er streng hinzu. Dann griff er plötzlich an seine Brust. »Oh, das Signal! Eusebius wartet! Ich muss los!«

Er warf den Mädchen einen eindringlichen Blick zu und drehte sich um die eigene Achse. Der silberne Besatz seines schwarzen Umhangs blitzte auf, dann war Leon verschwunden.

Elena blickte mit offenem Mund auf die Stelle, wo eben noch ihr Vater gestanden hatte.

»Ihm nach!«, sagte Miranda ohne Umschweife und ergriff Elenas Hand. »Wir teleportieren auch. Traust du dich?«

»Her mit dem Buch!«, sagte Mafaldus Horus und streckte fordernd die Hand aus. Seine dunklen Augen schimmerten wie Kohlen.

Valentin blickte unsicher zu Felicitas, die den fremden Magier anstarrte. Sie hatte Angst, das sah man deutlich. Normalerweise hätte Valentin das wertvolle Buch mit aller Kraft verteidigt, doch Mafaldus Horus war ein viel stärkerer Magier als er. Selbst wenn Valentin die Macht des schwarzmagischen Buches hätte nutzen können, wäre Mafaldus ihm wahrscheinlich noch überlegen. Dieses Risiko durfte er nicht eingehen. Schon wegen Felicitas. Mafaldus hatte gedroht sie in eine Handvoll Staub zu verwandeln, wenn Valentin das Buch nicht herausrückte.

Valentin griff nach dem Rucksack, den er unter seinem Umhang trug und in den er das Buch gepackt hatte. Er gab es wirklich nur ungern her. Das Buch hätte ihm unendliche Möglichkeiten eröffnet. Aber so ... Valentin tröstete sich mit dem Gedanken, dass er ja nicht wirklich etwas verlor. Wäre dieser Silkus Kordus nicht zufällig des Wegs gekommen, hätte er das Buch nie erhalten.

»Wie gewonnen, so zerronnen!«, murmelte Valentin und schleuderte den Rucksack Mafaldus vor die Füße. »Da habt Ihr Euer Buch!«

## ~ Kapitel Nr. 10 ~

Mafaldus und Eusebius bückten sich gleichzeitig nach dem Rucksack. Jeder fasste einen Riemen.

»Schön, dass du mir helfen willst«, sagte Mafaldus zu Eusebius. »Aber das Buch trage ich doch lieber allein.«

Eusebius presste die Lippen zusammen und hielt den Rucksack weiter fest.

Langsam wurde Mafaldus ärgerlich. »Was soll das? Willst du mich zum Narren halten?«

»Das Buch«, keuchte Eusebius, »ist nichts für Euch!«

»Gib schon her!« Mit einem Ruck brachte Mafaldus den Rucksack in seinen Besitz und Eusebius stand mit leeren Händen da. Mafaldus blickte seinen Begleiter an und plötzlich veränderte sich seine Miene.

»Du Verräter!«, rief er. »Du hast mich die ganze Zeit getäuscht. Es geht dir nur um das Buch! Ich werde dich ...« Er hob die Hand, um einen Fluch auf Eusebius zu schleudern.

In diesem Moment erschien ein schwarzer Luftwirbel und Leon Bredov stand vor Mafaldus. Er riss die Arme hoch, um Eusebius zu beschützen.

»Beim Orkus, was ist das?« Mafaldus' Augen blitzten vor Zorn.

Ein zweiter Luftwirbel entstand und diesmal purzelten zwei Mädchen vor seine Füße.

»Miranda!«, schrie Eusebius erschrocken.

Elena rappelte sich vom Boden auf und starrte direkt in Mafaldus' Gesicht. Als sie den Magier erkannte, schrie sie vor Schreck auf.

Mafaldus aber fing an wie irre zu lachen. »Na das ist ja ein Familienzusammentreffen! Das macht es mir leicht, euch alle gleichzeitig zu vernichten«, rief er mit Donnerstimme. »Nur kostet mich das zu viel Zeit. Das Wichtigste habe ich, das *Namenlose schwarze Zauberbuch*. Aber wir werden uns wiedersehen, verlasst euch darauf!«

Es gab einen gewaltigen Knall – und Mafaldus war mitsamt dem Rucksack verschwunden. Eine gelbe Schwefelwolke blieb zurück, die alle zum Husten brachte.

»Verdammt, er ist uns entkommen!«, rief Leon Bredov und ballte voller Wut die Faust.

Mona hatte ungläubig das Geschehen verfolgt. Als Valentin den Rucksack hervorgezogen hatte, war ihr sofort klar, dass er einen Teil seiner magischen Zauberkraft aus dem Buch bezogen hatte, das Mafaldus unbedingt haben wollte. Jetzt, wo der Schwarzmagier mit dem Buch verschwunden war, fühlte Mona, wie ihre eigenen Hexenkräfte zurückkehrten. Sie war immer noch bereit es mit Valentin und Felicitas aufzunehmen und kochte innerlich vor Wut.

Doch für diese Auseinandersetzung war das Durcheinander im Moment zu groß. Elena stürmte zu Mona und rief: »Oma, wir wollten dich warnen, Felicitas hat dir eine Falle gestellt!«

Sie war glücklich ihre Großmutter wohlbehalten wiederzusehen, auch wenn sie sie oft innerlich verwünschte oder sich ihretwegen manchmal schämte.

»Ich weiß, ich bin ja nicht dumm«, gab Mona schnippisch zur Antwort. Auch wenn diese Reaktion typisch für sie war, ahnte Elena, dass ihre Großmutter in Wirklichkeit ein bisschen gerührt war, weil sich die beiden Mädchen Sorgen um sie gemacht hatten.

Elena blickte sich um. Sie schaute zu Valentin, Jeremias und Felicitas und fragte dann leise: »Und wer sind diese Leute, Oma?«

- Kapitel Nr. 10 -

Mona räusperte sich und wandte sich an Jeremias. Dann sagte sie leise: »Das ist meine Enkelin Elena.«

Auf Jeremias' Gesicht erschien ein Lächeln. »Elena!«

»Das ist dein Großvater, Elena«, erklärte Mona. »Der Mann daneben ist sein Bruder Valentin. Und die Frau an seiner Seite ist Felicitas, vor der ihr mich zu Recht warnen wolltet.« Sie deutete auf Leon und Eusebius und blickte dann gleich wieder zu Jeremias. »Und das ist mein Schwiegersohn Leon, der junge Mann heißt Eusebius und ist der Freund von Miranda, dem Mädchen neben Elena.« Damit war die Vorstellungsrunde beendet und Jeremias musste lachen.

»So schnell kommt man zu einer ganzen Familie, fehlt nur noch ... meine Tochter Jolanda.« Er schüttelte den Kopf, als könne er das alles noch nicht fassen.

»Du wirst sie bald kennenlernen«, versprach Mona.

Felicitas und Valentin hatten die Familienzusammenführung mit wachsender Nervosität beobachtet und wollten die Gelegenheit nutzen, sich unauffällig aus dem Staub zu machen.

»HALT!«, rief Leon, bevor Valentin und Felicitas teleportieren konnten. »Ich glaube, es ist noch einiges zu klären. Und bevor das nicht geschehen ist, bewegt sich niemand von diesem Ort!«

»Und jetzt lebt mein Großvater Jeremias bei uns im Haus, vorerst zumindest«, erzählte Elena, als sie sich am Sonntagvormittag mit Nele und Jana im Café beim Kino traf. Miranda würde später mit Eusebius nachkommen, damit Nele und Jana ihn auch kennenlernen konnten.

»Und dieser grässliche Valentin hat euch tatsächlich das Wildschwein auf den Hals gehetzt?«, fragte Jana ungläubig. »Und den Magnolienbaum angezündet?«

»Ja. Felicitas hat ihn dazu angestachelt, sie hasst meine Oma noch immer wie die Pest! Nach all den Jahren, stellt euch das vor!« Elena machte eine kurze Pause, dann fuhr sie fort: »Ach, das ist eine so lange, komplizierte Geschichte. Jedenfalls hat meine Oma meinen Großvater vor vierzig Jahren in einen Felsen verwandelt. Sie hat es aber nicht freiwillig getan, sondern weil Valentin sie verhext hat, und zwar mit einer Art Ferntelepathie. Er wollte auf diesem Weg seinen Bruder loswerden, weil er der Liebling seines Vaters war. Valentin hatte Angst, dass der Vater Jeremias das ganze Vermögen vermachen und er selbst leer ausgehen würde. Deswegen hatte er es auf meinen Großvater abgesehen.«

»Wie gemein!«, schnaubte Jana.

»Allerdings«, stimmte Elena ihr bei. »Und das Ganze dann noch meiner Oma anzuhängen, das ist die Höhe!«

»Was passiert jetzt mit Valentin und Felicitas?«, fragte Nele. »Werden sie bestraft?«

Elena nickte. »Meine Oma erhebt Anklage und die beiden kommen vor das Zaubergericht.«

Die Mädchen schwiegen, während die Kellnerin drei Stücke Schokoladenkuchen an den Tisch brachte.

»Und warum hat dieser Valentin deinen Opa eigentlich wieder zurückverwandelt?«, wollte Nele wissen, als die Kellnerin außer Hörweite war. »Das verstehe ich nicht.«

»Weil nur Jeremias das Familiengeheimnis kennt«, antwortete Elena. »Valentins Vater – er ist ja mein Urgroßvater – ist vor kurzem gestorben und er muss in der letzten Zeit etwas verwirrt gewesen sein. Jedenfalls weiß keiner, wo sich der goldene Schlüssel der Familie befindet. Nur Jeremias. Deswegen hat Valentin ihn zurückverwandelt.«

»Ein goldener Schlüssel?«, wiederholte Jana. »Das klingt spannend. Wozu dient er denn?«

»Das habe ich noch nicht rauskriegen können«, gestand Elena. »Leider. Aber die Geschichte ist noch nicht zu Ende. Zum Schluss hat mein Vater nämlich noch einen Mann befreit, den Valentin und Felicitas in eine Höhle eingesperrt hatten. Der arme Kerl war ganz fix und fertig.«

»Ist er auch ein Verwandter?«, fragte Nele.

»Nein. Soviel ich weiß, ist er Archivar an der *Magischen Universität*. Und er hatte das Buch in Besitz, mit dem Mafaldus Horus verschwunden ist«, berichtete Elena. »Eigentlich wollte der Archivar das Buch in den Schwefelbergen vernichten, weil es so gefährlich ist.«

»Wow«, sagte Jana. »Diese ganze Geschichte muss ich erst mal verarbeiten. Klingt alles wie aus einem Kinofilm.« Sie lachte. »Aber so ist das, wenn man mit echten Hexen befreundet ist.« Dann fuhr sie fort: »Nele hat euch auch etwas zu erzählen.«

Nele sah Elena an. »Ich bin mit Arne zusammen«, sagte sie leise. »Leider hat Daphne das rausgekriegt. Sie hat Arne verhext. Jetzt nuschelt er ganz schrecklich.« Sie sah Elena flehend an. »Könnt ihr ihm helfen? Bitte!«

Elena nickte. »Bestimmt! Wenn Miranda und ich es nicht schaffen, dann können wir ja noch immer Eusebius um Hilfe bitten. Oder meinen Vater. Oder meinen Großvater.« Sie lachte. »Ich muss mich erst noch daran gewöhnen, dass ich jetzt auch noch einen Opa habe.«

# Glossar

## ✷ Amormagie:
Wenn eine Hexe verliebt ist, treten während des Schlafs oft Lichterscheinungen in der Nähe des Betts auf. Manchmal entstehen auch Gestalten und Figuren, die aber in der Regel zerplatzen, wenn jemand sie anspricht.

## ✷ Blutberge:
Gebirge mit rotem Schnee. Ein unheimlicher, verhexter Ort, an dem es spukt und fast alle Magie versagt. Vor vielen Jahren ist dort großes Unheil geschehen, seitdem färbt sich der Schnee jedes Jahr rot. Für manche Jugendliche gilt es als Mutprobe, eine Nacht in den Blutbergen zu verbringen. Das ist äußerst gefährlich, denn sie kommen nie oder mit verwirrtem Geist zurück.

## ✷ Gedankennotruf:
Verständigung ohne Hilfsmittel – direkt von Gehirn zu Gehirn. Da es sehr unangenehm sein kann, ist diese Art der Verständigung nur in Notfällen erlaubt.

## ✷ Hexendiplomat:
Vermittler zwischen der Hexen- und der Menschenwelt. Dieser Beruf erfordert sehr viel Einfühlungsvermögen und Fingerspitzengefühl, weil die Beziehungen zwischen

den Menschen und den Hexen sehr gespannt sind –
bedingt durch die vielen Vorurteile, die beide Seiten
voneinander haben. Außerdem gab es in der Vergangenheit grausame Hexenverfolgungen und es ist viel
Unrecht geschehen, das nicht mehr gutgemacht werden
kann. Das langfristige Ziel des Hexendiplomats sollte
sein, Hexen und Menschen miteinander zu versöhnen,
so dass sie friedlich miteinander umgehen können.

### ✦ HEXIL:
Längerer Aufenthalt in der Menschenwelt, meist zu
Foschungszwecken.

### ✦ Höhere Zauberei:
Fortgeschrittene Magie, zu der die Erlaubnis erteilt
werden muss.

### ✦ Kommunikationskugel:
Amulett, mit dem sich die Hexen und Zauberer in der
Hexenwelt verständigen.

### ✦ Kopfkonferenz:
Methode, sich per Gedanken zu verständigen, ohne
dass Außenstehende etwas davon mitbekommen. Eine
Kopfkonferenz kann am Anfang ziemlich anstrengend
sein und muss eingeübt werden.

### ✷ Landeszauberamt:
Behörde, die unter anderem Reisen in die Menschenwelt regelt.

### ✷ Lebenszauber:
Sehr schwieriger Zauber aus dem Bereich der weißen oder der grauen Magie. Er soll den Sterbeprozess eines Lebewesens aufhalten oder rückgängig machen. Da man sich nicht der schwarzen Magie bedienen bedarf, erfordert ein Lebenszauber sehr viel Geduld und großes Können. Es ist auch nicht sicher, ob er wirklich gelingt – selbst wenn eine erfahrene Hexe ihn anwendet.

Alle Prozesse, die mit dem Tod zusammenhängen und ihn aufhalten oder umkehren sollen, gehören traditionell eher in den Bereich der schwarzen Magie, weil solche Zaubereien in den natürlichen Ablauf des Lebens eingreifen.

### ✷ Magic Scanning:
Untersuchung einer Person oder eines Tieres mit Hilfe von magischen Kräften, um festzustellen, ob die inneren Organe in Ordnung sind. Der Zauberheiler berührt den Patienten sanft und langsam. Dabei konzentriert er sich auf die inneren Bilder, die in seinem Kopf auftauchen. Auf diese Weise können Verspannungen und Blockaden entdeckt werden.

### ✷ Metamorphose:
Verwandlung in ein Tier (gehört zur höheren Zauberei).

## ✴ Oberamtszaubermeister:
Oberster Beamter des Landeszauberamts.

## ✴ Outsider-Hill:
Hügelige, sehr schlechte Wohngegend für ausgestoßene und entehrte Zauberer- und Hexenfamilien.

## ✴ Runensprache:
Uralte Sprache von großer magischer Kraft. Sie wird nur von wenigen Hexen perfekt beherrscht.

## ✴ Schwarze Zauberkutten:
Geheimgesellschaft, die schon seit mehr als einem Jahrhundert verboten ist. Ihre Mitglieder beschäftigen sich mit schwarzer Magie und vollziehen verbotene Zauberrituale.

## ✴ Teleportieren:
Wenn man sich von einem Ort zum anderen zaubert und dabei keine Fremdmittel wie Schleusen, Portale oder Besen verwendet, spricht man vom Teleportieren.

## ✴ Transglobal-Kommunikator, kurz Transglobkom genannt:
Amulett, das die Kommunikation zwischen Hexenwelt und Menschenwelt ermöglicht. Funktioniert im Prinzip wie eine Kommunikationskugel, hat aber größere Reichweite.

**ISBN 978-3-8458-0182-7**

Als Em die Einladung ihrer Tante annimmt, den Sommer in deren Bed & Breakfast auf einer traumhaft schönen Insel zu verbringen, ahnt die Siebzehnjährige nicht, dass diese Entscheidung ihr Leben von Grund auf verändern wird. Zu Hause war alles streng durchgeplant: Schule, Elitecollege, Karriere als Anwältin. Ihre Tante dagegen ermutigt sie, ihrer heimlichen Leidenschaft - dem Kochen - nachzugeben. Und dann gibt es da noch Cade, den gutaussehenden, aber unzugänglichen Jungen, mit dem Em mehr verbindet, als sie erst glaubt.

Auch zu bestellen unter www.bloomoon-verlag.de

# Aufgepasst – hier kommt Emmi!

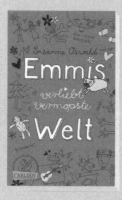

Susanne Oswald
**Emmis verliebt vermopste Welt**
160 Seiten
Taschenbuch
ISBN 978-3-551-31171-9

Von München in den Schwarzwald umziehen? Schrecklich! Wenigstens kommt Emmis Mops Lucky mit in die neue Stadt. Aber vielleicht ist es dort ja doch ganz okay. Eine Freundin findet Emmi nämlich schnell: Josi mit den tanzenden Sommersprossen. Und dann sind da noch die meerblauen Augen von Nico. Um sein Herz zu erobern, tauscht Emmi Zeichenblock gegen Gitarre und nimmt es mit einer rosa Elefanten-Unterhose auf … Denn eins ist klar: Wo ein Wille ist, da ist auch eine Emmi!

www.carlsen.de

**CARLSEN**

# Schnüffeln TOTAL verboten!

Rachel Renée Russell
**DORK Diaries, Band 1
Nikkis (nicht ganz so) fabelhafte Welt**
304 Seiten
Taschenbuch
ISBN 978-3-551-31208-2

Das Leben kann so gemein sein! Nikki ist die Neue an der Schule und hat ein Handy aus der Steinzeit. Alles Betteln um ein iPhone hilft nichts, ihre Mutter schenkt ihr ein Tagebuch zur Einschulung. Hallo!? Das ist doch so uncool! Widerwillig fängt Nikki an, Seite um Seite mit ihren Zeichnungen und verrückten Alltagsgeschichten zu füllen, denn ihr Leben ist eine einzige KATASTROPHE! Inklusive neuer Freundinnen, neuer Feindin, einem Schwarm und einer nervtötenden kleinen Schwester ...

www.carlsen.de

# Eine Schule im Schloss

Dagmar Hoßfeld
**Carlotta, Band 1:
Internat auf Probe**
224 Seiten
Taschenbuch
ISBN 978-3-551-31142-9

Dagmar Hoßfeld
**Carlotta, Band 2: Internat und plötzlich Freundinnen**
224 Seiten
Taschenbuch
ISBN 978-3-551-31228-0

Carlotta ist gar kein Prinzessinnen-Typ. Wie soll sie es da nur im Internat auf Schloss Prinzensee aushalten? »Nur auf Probe! Und höchstens für ein Jahr!«, sagt Carlotta sich. Aber bis es so weit ist, wird ihr Leben erst einmal ordentlich auf den Kopf gestellt. Und schließlich erkennt Carlotta, dass sie genau hier ihren Platz gefunden hat: Sie hat jetzt zwei Zuhause.

www.carlsen.de

**CARLSEN**

# Conni hoch drei!

Julia Boehme, Dagmar Hoßfeld
**Schuber Conni & Co**
528 Seiten
Taschenbuch
ISBN 978-3-551-31188-7

Die ersten drei Conni & Co Bände – jetzt im attraktiven Schuber! Eigentlich ist Conni ein ganz normales Mädchen, aber ihr Alltag ist unglaublich turbulent. In den ersten drei Conni & Co Bänden erleben sie und ihre Freundinnen eine schräge Anfangszeit auf dem Gymnasium bei der Lehrerin mit den Reptilaugen, ein wegweisendes Zeltlager und den Besuch ziemlich ungewöhnlicher Austauschschüler. Und dann ist da auch noch der Neue in der Klasse ....

www.carlsen.de